KB150802

잘 자라는 쓸쓸한 한마디

시인의일요일시집 **011**

잘 자라는 쓸쓸한 한마디

1판 1쇄 찍음 2022년 11월 22일
1판 1쇄 펴냄 2022년 11월 30일

지 은 이 신윤서
펴 낸 이 김경희
펴 낸 곳 시인의일요일

표지·본문디자인 노블애드
경영지원 양정열

출판등록 제2021-000085호
주 소 경기도 용인시 기흥구 연원로42번길 2
전 화 031-890-2004
팩 스 031-890-2005
전자우편 sundaypoet@naver.com
블 로 그 https://blog.naver.com/sundaypoet

ISBN 979-11-92732-01-5 (03810)

값 10,000원

* 이 시집은 2021년 한국문화예술위원회 아르코문학창작기금 지원사업에 선정되어 발간되었습니다.

잘 자라는 쓸쓸한 한마디

신윤서 시집

| 시인의 말 |

이제는 전설이 되어 버린 마음속 평상은
고추 모종이 자라던 그 옛집에 아직도 머물고 있을까?
텃밭의 새싹들을 지키던 키 큰 피마자 열매도
그 자리에 있을까.
햇살에 영글어 가던 유년을
업고 재우고 다독여 주던 평상 주변으로
더디게 어둠이 내리던 집,
홀로 낮잠에서 깨면 아득하게
현기증 나는 마당을 걸어오던
옛집의 식구들,
입 속에 가둔 무수한 말들은
그리움에 걸려
오늘도 문장이 되어 나오질 않고,

차 례

1부

2부

3부

4부

1부

휘핑크림 바게트 딸기요플레

딱딱한 당신은 단단한
문장. 탄탄한 자음과 모음의 행간을
넘나들다 엎질러진 물
깨진 유리 파편이 되어 펑펑
울고 있을 때,
암막 커튼 치고 문 걸어 잠그고 햇볕은 그저
꽝꽝 언 얼음 위나 내달렸습니다.
입술에 잔뜩 묻은 거품을 핥는
혓바닥. 혀와 혀는 서로 엉킨 실타래 같다.
스르르 풀리는 스카프 같다.
단추를 끄르다 말고 묻는다.
프렌치 키스를 좋아하나요.
당신이 하모니카 깊은 목젖까지 휘저으며
재즈를 연주할 때, 우리의 우주는,
우리의 어깨는, 우리의 입술은
뭉개지고 비틀리고 늘여졌다 다시 찢기고
뜯기고 어디로든 날아갈 수 있게 팽팽해집니다.
딸기요플레처럼 나는 축축해요.

새콤하고 달콤해요. 단단하고
탄탄하고 딱딱한 당신.
날카로운 활자들을 귓속에 쏟아부으면 나는
아득히 멀어집니다.
까마득히 사라지거나 잊힙니다.
실체를 알 수 없는 이것을
우리는 정체불명의 결핍이라 부릅시다.
행간과 행간을 건너다니는 애증. 혹은
증오라 부릅시다. 그것도
틀렸다면 시공 밖으로 날아간 돌멩이. 내
이마를 깨트리고 달아나는 무서운 침묵.
수신 거부. 영구 삭제. 차단 해제가 불가한
휘핑크림 바게트 딸기요플레라
정의합시다.

브라우티건풍으로

선풍기의 날개 사이로 부는 바람은, 내 이름이다. 모기장을 둘러친 침대에 기대어 『워터 멜론 슈가에서』를 읽는다.

약속한 날들이 지나가 버리고, 나는 결코 책 제목처럼 달콤하지 않다는 것을 알게 되었다.
그러므로 나는 몹시 쓸쓸했다. 당신은, 이 이야기의 주인공이 되어 들판에 망연히 앉아
망초꽃이 흔들리는 것을 보고 있다.

강을 지날 때마다 높이 튀어 오르는 숭어의 은빛 비늘이거나,
빼곡히 적힌 수첩의 전화번호 따위로 우리의 관계가 표현되었으니,
그것은 참 슬픈 일이라 생각했다.
창가에 놓인 유자나무 한 그루가 칠 년째 열매를 매달지 않은 이유는 뻔하지 않겠는가.

선풍기의 날개 사이로 부는 바람이 나를 한 페이지 넘긴다.
오래전 쉴 새 없이 내게로 날아들었던 그대들의 열렬한 편지들

이 내 삶을 두껍게 하여
그동안 아무도 나를 즐겁게 읽어 주지 않았다.
가끔은 아침을 거르고, 벌에 쏘인 듯 다급하게 지평선으로 가 버렸다.
어쩌면 당신은 망초 속에서 늘 울고 있을지도 몰라서 새벽 네 시에서 다섯 시 사이로 짙은
안개가 내려앉는다.

경부선 첫 기차가 출발할 때까지 끝내 돌아서질 못하는, 여행 가방처럼 나는 무겁다.
긴 치맛자락처럼 책의 내용에 굵게 밑줄을 그으며, 서성이고 망설이다 끝내 나는
당신의 기억 속에서 현실로 다시 되돌아오지 않을 것이다.
그것은, 내 이름이 떠나 버린 것이다.

그리고 나는 당신이, 선풍기 바람이 불어오는 모기장이 쳐진 침대 위에 누운 나의 반쯤
드러난 가슴을 열고 들어와 나를 달콤하게 읽어 주기를 바란다.

당신이 나의 주인공이 되어 들판에 망연히 앉아 망초꽃이 흔들리는 것을

읽어 줬으면 좋겠다.

호두파운드케이크

호두파운드케이크를 먹기 위해 우리는 먼저, 블루베리롤케이크를 먹었죠. 장미꽃 문양 커피, 잔에 담아 포크를 찍어 댔어요. 보라색 블루베리 잼을 핥으며 호두파운드케이크를 생각했죠. 난 너의 듬직함이 맘에 드는구나. 입이 무거운 옛 애인의 어깨가 떠올랐어요. 숨이 턱턱 막혀 오던 그 여름날 오후가 생각났어요. 물 한 방울 없던 그 저녁의 목마름은 어느 방향을 향해 걸어갔을까. 갈증은 여전히 사막을 횡단하는 중이다. 지나간 애인의 눈동자 속에 감춰 두고 온 오아시스는 아직도 차가울까. 방금 딴 사과처럼 싱그러울까. 그때 난 봉긋한 가슴을 지닌 처녀림. 한번 빠지면 스스로 길을 잃는 원시림을 헤매곤 했다. 그러므로 호두파운드케이크를 먹기 전 우리는 다시 야채샐러드를 포크로 찍기 시작했어요. 메추리알을 오물거리고, 닭가슴살을 씹어 대고, 아삭아삭 푸른 초원을 뜯어 먹었죠. 우직한 호두파운드케이크를 곁눈질했지만, 옛 애인의 어깨는 완강했으므로, 그날의 허기는 어느 밀림을 향해 달려갔을까. 그리하여 다시 모인 우리는 굶주린 늑대처럼 매운 양념통닭을 허겁지겁 삼켰어요. 퇴화한 송곳니로 순살 양념통닭을 마구 뜯었죠. 그러다 눈치를 챘어요. 옛 애인의 어깨 위에, 호두파운드케이크의 등짝에 핀 푸른곰팡이. 호두 알갱이가 쿡 쿡 박힌 파운드케이크에게 몹시 미안했죠. 이끼 무성할 지나간 사람의 어깨는 지금 어디쯤 기울어져 있을까. 어느 위도와 경도를 지나고 있을까. 호두파운드케이크의 내부는 어두울까. 꼭 쥐면 그날의 기다림은 빵가루가 되어 부서져 내릴까. 위치를 알 수 없는 기억이 둥근 지구본을 팽그르르 돌려 봅니다.

이상한 멜로디

나무와 나무 사이를 바람이 지나다니고, 이상한 멜로디가 흘러나오는 숲. 나는 소리에 이끌려 나온 맨발의 순례자. 숲의 사잇길로, 통나무를 박아 넣은 경사진 층계가 아래로 끝없이 이어지고, 저녁 여섯 시 무렵엔 접근 금지구역이 되는 방공호 근처에서 바람은 낮게 엎드려 깃발처럼 펄럭거렸지. 절벽 아래의 파도는 밤새 허연 거품을 게워 내며 허리를 비틀고, 갯내음 물씬한 새벽이 올 때까지 바다는 꽉 차오르는 달을 품었어. 하늘을 걸어 내려온 달이, 넘실대는 바닷물에 얼굴을 씻고, 닿을락 말락 물살을 건드려 댈 때, 지나가는 목선이 숲의 야릇한 리듬에 감겨 뒤집어지고, 사람들은 바다 깊은 곳에 빠져 인어가 되었지. 죽은 물고기처럼 뒤집힌 목선이 물 위를 둥둥 떠다녔어. 이상한 멜로디에 이끌려 나온 내가,

나무와 나무 사이를 거닐며 어둠을 순례할 때, 이 숲의 만월이 끌어당기는 힘으로 파도가 부서지고 바다가 끓어오르고, 연인들은 두 번 다시 보지 않을 기세로 서로에게 독설을 퍼부으며 돌아선다. 후회와 회의가 뼈아프게 밀려올 때, 느리게 하늘을 빠져나온 달은 물살의 내부로 깊이 스며들고, 숲에서는 버려진 사막여

우를 빼닮은 흰 개가 자신을 데려가 달라는 듯 동그란 눈을 떼지 않고 언제까지나 나를 빤히 바라보고만 있다. 버뮤다삼각지대에서 사라진 여객기는 파편 하나 남기지 않고 자취를 감추고, 헤어진 연인들은 달의 기운에 끌려 다시 만나 깊은 입맞춤을 하고 사랑에 빠진다. 이상한 멜로디는 나뭇가지에 방패연처럼 걸렸다가,

만월을 휘감았다가 숲의 밖으로 사라지면, 그게 다 달의 인력 때문이라는 소문이 무성해진다. 맨발의 순례자인 내가 오늘 밤, 내 집에 남아 있는 접시들을 모조리 깨부순 것도 달의 인력 때문이었다. 유리 조각에 스친 손으로 아이는 비닐봉지 속에 깨진 접시의 파편들을 가득 주워 담고, 내게 차가운 물을 한 잔 따라 주었지. 어둠을 향해 소리친 것도, 욕설을 쏟아 낸 것도, 모두 만월 때문이었다. 달이 차오르면, 모든 그리움은 울부짖으며 난폭해지거든. 그래서 난 새벽 내내 숲을 순례하며 맨발에 가학적으로 박히는 가시를 견딘다. 만월 때는 모두 히스테리를 일으키지. 저절로 걸리는 차의 시동처럼 말이야. 언제 어느 곳으로 달려가 처박힐지 모르는 격한 슬픔들이, 나무와 나무 사이를 순례하며 잦아들 수 있도록, 그저 달이 기울기를 기다리는 거야.

침대 위의 고양이

상처는 모딜리아니의 눈빛 속에 있거나 달리의 서랍 속에 있다 라파엘로의 성화 속에, 에곤 실레의 자화상 속에 있다 욕망의 혓바닥이 할퀸 폐허의 도시 한복판에 상처가 있고 상처 속에 들어앉아 깊은 상처가 되어 버린 익숙한 상처와 익숙하지 않은 상처가 있고 상처가 되다 만 자그맣고 보드라운 상처가 있다 동굴처럼 깊은 메아리가 울려 나오는 상처를 건드리면 캬옹 소스라치는 이 영악한 통증 한 마리, 두어 마리 나의 상처 속에 사는, 것들

통증은 잘려 나간 고흐의 귓가에, 누드 속에 있거나 길고양이가 파헤쳐 놓은 땅속에, 나를 훑고 간 바람의 손금에 있다 침대 위에서 울고, 서랍 속에서 자고, 성호를 긋거나 고요히 우물 속의 자화상을 들여다본다 부서진 신전의 기둥을 어루만지다가 붉은 입술 속으로 미끄러지듯 숨어들어 신음이 되고, 분노가 되어 이따금 내 입 속의 집주인인 나처럼 나를 비집고 나오는, 통증들은 갈비뼈를 열고 들어간 뒤 자물쇠를 철컥, 걸어 잠근다 자폐의 깊은 늪을 유영하는 세상 모든 상처의 처음은 축제여서 찬란한 한 시절이 화려하게 계절을 건너간다

한 마리 짐승처럼 통증이 나를 침대로 삼아 내 속에 누워 있다, 그러므로 어쩔 수 없이 나는 상처에게 안겨 있고, 나는 길고 까슬한 혓바닥으로 하루에도 몇 번씩 상처를, 쓰다듬는다

오월의 나귀

1

협곡으로 가는 길은 목마른 안달루시아 당나귀, 목을 축이는 나귀 안장에 걸터앉아 소녀는 느리게 흔들리고 좁은 길들은 아슬한 협곡을 내려다본다 내가 딛는 계단은 헛발질하기 좋은 벼랑, 수직 낙하하기 좋은 너의 어깨에서 명치까지 명치에서 바닥까지 나는 매일 나동그라지고 저 짙푸른 물살까지 너는 단숨에 뛰어내렸지 물개처럼 헤엄을 쳤지 손을 흔드는 너는 최초의 상징, 갈비뼈가 앙상한 최후의 협곡이었다

2

목마른 오월의 대공원 당나귀는, 맑은 하늘 아래 천 번도 넘게 아이들을 태우고 빙글빙글 현기증 나는 아지랑이, 사랑은 시든 화환, 파장 무렵 당나귀 걸음은 시속 5킬로미터다 아이들을 그만 태워, 오월의 악당아, 키 작은 당나귀를 훔치고 싶다 고집스러운 사내의 등짝을 채찍으로 내리치면 이히힝— 저물녘까지 이어지는 어린이날이 끝날까 꾸역꾸역 걸음 내딛는 나귀 눈망울이 흐려, 비틀거리는 내 작은 나귀를 데려와 오래오래 안아 주면 사랑은 목단꽃으로 피어날까 쓰러질 듯 위태로운 걸음을 저녁 으

스름이 야금야금 파먹어 들어간다, 채찍으로 갈기고 싶은 사내
가 목줄을 잡고 나귀와 맴맴 돈다

나랑 갈래? 키 작은 나귀야
갈기를 휘날리며
안달루시아 협곡 아래 눈먼 사랑을 묻고
내 작은 집으로
나귀야,

라일락은 라일락이므로 문밖에서 서성이고

붉고 긴 리본 둘레를 흰 점선이 촘촘히 걷고 있었죠
검붉은 동백을 밟는 내 발자국 같았어요 천천히, 빼곡하게
내 걸음은 박음질되고 있네요 까만 글씨로 내 이름이
새겨져 있었죠 보내온 사내의 이름도 적혀 있고요

라일락 실팍한 모가지에 붉은 바람으로 흔들리는 리본,
짙은 꽃향기가 한껏 서러워진 마음을 다독입니다
긴 줄기 끝에 겨우 다다른, 보랏빛 꽃송이가 만개했군요
나이테가 앙상해도 괜찮아요 잎들이 좀 엉성해도
나쁘지 않죠 어두운 플라스틱 화분 둘레를
둘레길마냥 오래 걸어온 세월이었나요 문밖,
초인종 한번 누르지 않고 돌아서는 하오의 햇살

라일락은 라일락이므로 전화도 받지 않았죠 라일락은 오직
라일락이기 때문에 문을 두드리지 않았죠 길고 붉은
리본만이 공손한 두 손을 모아 "축하드립니다",
겸허한 인사말을 건넸지요 그러므로 붉디붉은 리본에
새겨진 내 이름이 울컥한 거죠 총총총 흰 발자국 찍으며

빨간 산책로를 걷기로 하죠 화분 둘레를 거닐며 오늘 하루가
저물어 가도 삼월의 탄생을 증오하지 않기로 해요
느닷없이 훅, 끼쳐 오는 이 보랏빛 꽃향기로 살기로 해요
그럼요, 아주 오래 살아 보기로 해요

실내식물이 있는 방

구근을 숨긴 밤이 오면 밤새 가슴이 두근거리지.
화분 속 알뿌리가 심장처럼 펄떡이지.
폭풍이 유리창을 마구 흔들어 대는 이 낯선 방에서
나는 몇 생을 머물렀다.
슬픔은 맹독성 물질이어서
매일 조금씩, 늪으로 나를 몰고 간다,
위로받을 수 없는 낮과 밤이 지나갔다, 라고
마음에 기록한다.
아린 구근을 심으며 나도 너의 품속 깊이 묻히고 싶었다.
네모난 작은 화분 속에 맨발을 뻗고
발등 위로 이 밤처럼 까만 흙을 뿌리고 싶었다.
내 속에 들어온 뿌리가 내게 말한다,
나는 한 모금의 갈증이야.
소낙비처럼 퍼붓지 않아도, 폭설처럼 내려 쌓이지 않아도
슬픈 알뿌리식물을 심으며 오랫동안 울다 보면,
곧, 슬픔이 보약이 되는 밤이 온다.

둥근 형광등은 내가 알지 못하는 별에서 온 비행물체. 벌써 몇

해째, 내려앉질 못한 채 천장에 떠 있다. 비행접시는 착륙지점을 찾지 못해 방황하는 이방인이다. 너와 내가, 한 종족이구나. 나를 태우고 광속으로 달려 다시는 이 별에 불시착하기 싫지. 딸깍, 고개를 끄덕이는 비행물체 주변으로 또 슬픔이 환하다.

직사각의 외딴 방.
인형의 집에 플러그를 꽂으면 전류가 흐르고,
스위치를 누르면,
벽지를 타고 '나와 장미꽃'이 만개했다.
작은 의자에 앉아 내가 지겹도록 피어 있다.
시들지도 않는다.

4인용 식탁

우리는 뿌연 먼지에서 태어났다.
종일 졸졸 새는 수돗물.
말없이 숟가락질하는
아가미들을 보면 심해를 거슬러
왔을지도 모른다.
어디서 비롯되었든 뻐끔뻐끔
아가미를 들썩이며 공허를
뒤적이는 젓가락들. 나는 한번도
너와 행복하지 않았다. 마음 따뜻하지
않았다. 어깨 시려 오소소 떠는 전등불.
그 아래서 울먹이는 문풍지들.
식탁 위엔 영수증이 쌓여 가고, 잡다한
생각들이 나뒹굴고, 켜켜이 불신이
밀려들었다가 썰물처럼 빠져나간다.
자정이 오면 우리의 근원은 역시,
먼지였을 거야. 똑, 똑 두개골 사이로
새는 물소리였을 거야. 깊디깊은 이 침묵을
보렴. 바닷속을 기어 올라온 이 묵음을 보렴.

아무도 말하지 않고 그 무엇도
발설하지 않는 금기의 구역인 듯
이곳에서
나는 너와 함께 마주 보고 웃은 적이 없다.
눈빛이 타오른 적이 없다.
막막한 수압을 견디며
밥알을 씹는, 붉은
아가미 속 목젖 깊이, 누구도 뽑지 못한
가시가 자란다.

저녁의 독서

책 읽기를 멈춘 시간부터 비가 내렸다 페이지는 72쪽 셋째 줄에서 정지하고, 창밖에는 빗소리가 들렸다 라면처럼 꼬불꼬불한 활자들이 가스레인지 푸른 불꽃에게 보글보글 읽히는 중이었다. 달궈진 냄비가 불꽃의 온도를 읽고, 수증기가 환풍기에 맺힌 물방울을 읽고, 유리 창문이 빗방울을 덜컹덜컹 소리 내어 읽고 있었다 읽히기를 멈춘 책 속의 페이지들은 뿌연 먼지를 껴안은 채 흩어졌다

어제는 세상에서 가장 쓸쓸한 손금을 읽었다

길이 끊긴 숲속, 시동이 멈춘 차창 밖 시월의 마지막 달을 불빛들이 읽는 중이었다 나는 내 전부를 너에게 걸었어 마지막 패를 숨기며, 길고양이 같은 눈빛으로 세상을 읽는 만월이었다

떠돌던 바람이 늦은 저녁의 눈을 읽을 때면
수련 잎마다 그렁그렁 눈물이 맺히고, 내 안의 가장 깊은 곳을
들여다보며, 저녁은 소리 내어 일러 주었다

다시 책을 읽는다
아득한 독서의 속도에 부딪혀 나는 까마득히 정신을 잃는다
어둠의 심장을 깊숙이 베어 물며 입술을 닦는 그대
나는 무수히 죽거나 살아난다
숲속에는 피 냄새가 진동해. 나뭇잎들이 수군거리며
숲의 낌새를 읽었다

읽다 빠져나온 책 속이 캄캄하다

2부

집으로 가요

집으로 가요.
이제 헤어지면 어디로 갈 것이냐, 묻는
내게 그녀는 말한다. 나는 집으로 가요.
집이 없는 사람들은 어디로 가나요? 집이 있어
참 좋겠어. 집 없는 나는 거리를 떠돌 거예요.
바람이 일으킨 먼지가 보잘것없는 것들의 눈을 찌를 때,
눈물은, 그때 잠시 눈가를 적시지요. 그것을,
슬픔의 범람이라고 당신은 내게 말해 주고 싶은 것이죠?
눈물의 온도를 측정하며 황망한 심정 몇을 데리고,
광장 속으로 사라질 거예요.
아무도 나를 알아보지 못하도록.

사거리를 끌어와 매듭을 묶으며 서 있는
광장에서는, 집 있는 사람들도 집으로 가는 길을 잃어버려요.
그녀가 집으로 가 버린 후,
나는 집이 없는 것들과 어울려 거리를 배회하고 어둠을 맞이한다.
어둠은, 게르만족처럼 노을을 건너,

저벅저벅 광장으로 몰려든다. 떠도는 것들의 심장에
총구를 겨누는 밤,
집 없는 사람들의 가슴에 구멍이 뻥 뚫려 있는
이유는, 환멸의 총탄이 지나갔기 때문이지.
내게도 캔의 뚜껑처럼 뚫린, 날카로운 구멍이 하나 있다.
당신이 관통해 간 자리, 나도 이제 그만,

나만의 집으로 가고 싶어요.
상처를 눕힐 수 있는,
먼 곳에서도 오렌지빛 불빛을 쪼일 수 있는,

한 뼘, 나만의 집.

빙하기

내가 여전히 겨울일 때 전생엔 벚꽃이 흩날리고, 민들레 순이 택배로 왔다. 주머니 속 숨겨 둔 애인이 풀숲마다 납작하게 엎드린 노란 꽃으로 번져 갔고, 나는 셔터를 눌러 댔다. 어디에도 없는 애인은 낮은 목소리로 말한다. 이 좋은 봄날에, 산책도 하고, 꽃도 만져 봐야죠. 종일 가슴이 아프더니 명자꽃 망울이 디밀고 올라왔다. 뼛속 깊이에서 세찬 바람이 불어왔다. 근데 어디가 아프셨어요? 꽝꽝 언 아이스크림 케이크는 문밖에서 나를 기다린다. 우리 사랑의 유효기간은 93일이에요. 결제했어요. 귀여운 이모티콘이 박힌 아이스크림 케이크일 거야. 너의 눈빛과 교환되고 싶다. 나는 네 왼편 심장으로 스며들고 싶다. 이렇게 아름다운 날. 잠시만요. 네에 말씀해 보세요. 헉, 진짜요? 예쁘죠? 보이진 않지만 정말 예쁘네요. 어쩌죠. 이런 대화에는 라일락 향기가 난다. 애인은 낮게 엎드려 더욱 샛노란 꽃으로 번져 간다. 우리의 유효기간을 찾느라 잠시 빙하의 온도를 측정한다. 서둘러야겠어. 하얀 홀씨가 봄바람을 타고 날아간다. 그리운 방향에서 꽃이 몰려오는 소리가 들리는 건 여전히 내가 겨울 한가운데 서 있다는 뜻이다.

그 남자의 첼로

당신은 루머,
어젯밤 내게로 왔다

더 멀리, 더 빨리, 더 깊게,
빛의 속도로 와서 나를 뚫고 지나갔다
당신은 페르시아의 독신 남자
폐허가 된 명치 속을 파고들어 와 엎드려 울었다
소문은 낭자하고
무성하고 삽시간에 전염병처럼
마을을 휩쓸었다
칼끝 같은 메마른 가지에서 파다한 소문이 맺혔다
밤새 결리던 내 옆구리가 툭, 터지며
소금꽃이 피었다

피 묻은 유전자를 흐르는 수돗물에 씻어 내렸다
열한 개의 숫자로 이루어진 당신을 입력하고 돌아섰을 때
상형문자 같은, 기호 같은 봄이 당도해 있었다
말이 끊긴 자리에서 우리는 입을 다물고

다만 뜨거워졌다

비린 봄을
흉부 깊숙이 찔러 넣는
당신은 루머, 하나의 뜬소문,
내 젖꽃을 배회하는

이 저녁의 붉은 혀

친애하는 Mr. K

구름이 시시때때로 형상을 바꾸는 이 행성에서 Mr. K, 당신은 한번도 같은 모습이었던 때가 없다. 당신은 달콤한 솜사탕이거나 이내 이빨을 드러내는 맹수가 된다. 비상하는 불새였다가 천둥 사이를 겁 없이 뛰노는 사슴이 된다. Mr. K, 당신은 방금 바이칼 호수를 떠나며 푸른 물살과 구름과 바위를 내게 전송해 주었다.

"여긴, 그리스의 아테네야." 세월에 깎인 형체 없는 유적지를 둘러보면 영화의 한 장면이 떠올라요! "신전 기둥에 기댄 그와 그녀는 딥키스를 나누었던가?" 가물거리지만, 그와 그가 혈투를 벌이고 그녀가 그의 등을 무거운 돌로 내리찍는 장면이 떠올라요! 사랑은 그런 것이죠. 위기의 순간엔 누가 누구를 선택할지 모를 일이죠. 쓰러져 흠씬 두들겨 맞은 남자는 떠나고, 돌에 찍힌 남자는 남아 여자가 말라 가는 걸 지켜봐요. 사랑은 그래요. 더 사랑하고 덜 사랑하는 것은 상관없이 폐허에서 시들어 가는 것이죠.

Mr. K, 당신은 이제, 시애틀에 머물고 있다. 시애틀…… 시애틀…… 나는 자꾸만 발음해 본다. 당신도 그곳에선 잠 못 이루는지? 시애틀의 잠 못 이루는 밤, 이란 영화의 제목을 떠올리며 나는 상공을 가로지르는 비행기를 바라본다. 그리고 긴 편지를 쓴다. 친애하는 Mr. K, 로 시작되는 긴 편지를. 그리하여, 나의 편지는 무사히 시애틀에 도착했을까. 늘 한발 앞서 떠나 버리는 당신, 따라잡을 수 없는 편지가 닿기 전에 당신은 어쩌면 멀고 먼 아프리카 오지에 당도해 있을 것이다.

그래서 내 편지는, 언제나 머뭇거린다. 구름처럼 변화무상한 당신이 보낸 낯선 풍경들을 쓸쓸히 수신할 뿐, 내 편지는 친애하는 Mr. K의 손에 전해지지 못하고 수취인 불명으로 항상 되돌아온다.

안녕 사과 씨

사과를 깎아 본 적이 있겠지요? 둥근 웃음 둥글게 깎아 내다 보면 칼을 쥔 손은 항상 오른손 엄지를 향하지만 그래도 두려움 없이 둥글게 사과를 밀어 올리는 것을 보면 말이죠. 그러니까 사과와 나는 눈이 맞아서, 바람이 나서 그런 게 아닐까요? ㅋㅋㅋ. 안녕! 사과 씨. 지금 사랑에 대해 말하고 있어요. 바람이 나서, 당신과 내가 그러니까 송두리째 당신 여자가 되고 싶어서, 당신 둘레를 맴돌고 있는 게 아닌지. 뫼비우스띠처럼 영원히 연결되고 싶어서 속살 아삭거리는 당신의 붉은 옷자락을 벗겨 내는 중 아닐까요. 과도의 예리한 날이 엄지의 지문을 스쳤지만 괜찮아요. 선연한 핏방울의 맛이랑 당신을 한 입 깨문 맛은 어딘지 비슷하니까요. 그러니까 칼날이 지나간 사과와 내 피의 맛은 혼연일체라 생각되는 것이죠. 안녕! 사과 씨. 둥근 웃음 둥글게 내 명치에 파문져 올 때, 당신 웃음이 내 심장에 아프게 꽂혀 들 때, 나는 당신을 다 삼키고 당신의 씨방 속으로 숨어들고 싶어요. 조그만 씨방 속 아주 작게 파인 동굴 안에 숟가락 두 개뿐인 살림을 차리고 당신 닮은 아이를 하나 낳고 싶어요. 소행성 같은 당신 곁을 떠나지 않고 오래오래 자전하는 나는 당신과 눈이 맞아서, 바람이 나서 날 선 과도 앞에서도 꿋꿋한, 내 사랑을 밀어 올리고 있는 걸 거예요.

늙은 신神의 저녁

사랑은, 상상 속에서 완성된다.

손끝 하나 닿지 않은 오르가슴. 봄날 사태져 오는 꽃들. 뜨거운 샐비어. 새벽 세 시 야옹야옹 애타는 수컷들, 베란다 창을 넘는 울음은 항상 날카로운 발톱을 가졌다. 더 늦기 전에 여행을 가야 한다.

그 눈빛 속으로 뛰어들어야 한다. 우주의 어깨를 꼬옥 끌어안아야 한다. 무엇보다도 손을 잡아야 한다. 손을 잡고 걸어야 한다. 무수한 별들이 흩뿌려진 하늘. 라일락 향기 감도는 그의 목덜미에서 쇄골로 이어지는 달콤한 산책로. 입술을 열고 나온 내 혀는 자유로우리라.

남루를 걸친 늙은 신이 묻는다.
사흘 안에 답해 보세요.

차갑고 뜨거운 것을 알아차리는 그 지점, 번쩍 정신이 깨이는 그 지대, 소소소 바람이 쓸고 가는 그 구간입니까. 죽어도 죽지 않는 의식이 머무는 자리. 그 자리에서 사랑을 기다린다. 우리는 아직 스친 적이 없다. 무수한 손금은 수없이 많은 골목으로 뻗어 가고 우리의 골목은 혈관처럼 아름답게 꺾이고 휘어지며 우리를 기다린다.

하면 삶도 죽음도 없는, 나의 탄생은,
오로지 착각입니까. 내가 태어났다는
착각. 죽는다는 착각. 그 모든 착각이 세운
돌탑들이 바람에 무너지지도 않고 저리
흔들립니다.

상상만으로도 가혹한 사랑.
번개가 내리치듯 내 상상은
절정을 향해 내달리고, 뜨거운
호흡과 호흡, 그 사이에서 나는 꽃 피고 순간순간
깨어 있을 뿐. 아침이면
꽃잎이 입술을 벌리고 어슴푸레한 어둠
속에서 당신들은 왜 가슴의 떨림을 갈망할까요.

내 심장은 불길로 타오를까요.

그 삼류 인생은 발정 난 낮과 밤을 전송한다. 개처럼 핵, 핵, 거린다. 끝없는 치부와 모멸이 뒤엉키는 구역에서 나는 정말 구역질이 나요. 그 헛발질들. 이게 뭐죠. 비누 거품을 잔뜩 묻힌, 물방울이 맺힌 남자의 어깨를 바라보다 말고 나는 자판을 두드린다.
사랑은 상상 속에서만이 완벽한 것.
귓속을 파고드는 목소리만큼 나를
흥분시킨 것은 없다. 불리는 이름만큼
황홀한 것이 없다. 그러므로 이 느낌은
있으면서도 없는, 없으면서도 굳게 존재하는
나 없음. 무아의 장르입니까.

사흘 안에 나는 대답해야 한다.
나는 몸을 빌려 이곳에 온 이해할 수 없는 지대.
스스로 타오르는 지점.
아무도 해석할 수 없는 세계. 그 누구도
가늠 못 할 소멸에 관하여.

너는

포스트모더니즘을 신봉하는 너는 수신차단을 하고, 서정의 살을 발라 먹는 너는 혓바닥 속에 면도날을 숨기고, 현실을 직시하는 너는 시를 넘보고, 말갛게 웃으며 다가온 너는 문자를 씹고, 일상의 개구멍을 드나들던 너는 왈왈 짖어 대고, 호시탐탐 나의 뮤즈를 남발하는 너는 설레발치고, 자다 깬 너는 잠꼬대를 지껄이다 퇴장하고, 용서를 비는 너의 손은 결백하지 않고, 축하의 말을 건네는 너의 입술은 일그러지고, 내 모든 걸 너에게 바칠게 맹세하는 너는 오리무중이고, 너를 사랑해, 헛말을 내뱉는 너는 지하도 인파 속으로 잠입해 사라지고, "눈길을 헤치고 마중 나갈게" 말하는 너는 매서운 칼바람만 앞세우고, 산다는 건 지치는 거라며 한숨짓는 너는 고배를 마시고, 이 상황을 인정할 수 없다는 너는 어느 날 문득, 이 상황이 내 상황이다 받아들이고, 문을 세차게 두드리는 너는 내 속에 들어앉을 자리가 없고, "빨래를 걷어야 한다며 기차 타고 떠났어"*, 열차에 앉은 너는 모르는 어깨에 기대 잠들고, 지프를 모는 너는 생의 중턱에서 구토를 하고, 오토바이를 달리는 너는 핸들을 꺾어 불꽃을 일으키고, 턱시도 입은 너는 나뭇가지 흔드는 너는 말끝마다 비아냥대는 너는, 독설을 입에 달고 사는 너는 입 속에 칼날을 감춘 채 명치를 저며

대네, 늑골을 헤집네,

나의 너는, 너의 나는 서로의 거울, 마주 바라보며 분노하고 소리치고 증오하다, 복제된 자아임을 한순간 알아차리네, 영원히 알지 못하네,

* 양준일의 노래 〈Fantasy〉 가사 일부

오카리나 부는 밤

초록 손톱을 가진 여자가 오카리나를 부는 밤. 초록 손톱 끝에선 어둠이 자라고 짙은 눈썹을 문지르면 음률이 자란다. 모든 소리들은 둥글게 휘말려 하늘로 올라가지. 담쟁이넝쿨처럼. 거짓말처럼. 이제 너와 지낸 시간들을 모조리 지워 버릴 거야. 지킬이 말했다. 이미 오래전에 너를 지웠어. 하이드가 말했다. 그 말들은 무서운 칼날이어서 나는 앰뷸런스에 실려 갔다. 지워지지 않기 위해 세상의 지우개들을 모두 삼켰다. 삭제 버튼 하나로 망설임 없이 나는 지워졌지요. 그게 가능하기나 한 일이야? 응, 가능한 일이야. 지구 끝까지 따라와 깨끗이 비워 주는걸. 회색 마우스가 말했다. 그럼 당신은 날 사랑한 게 아니었군요? 거봐, 내 말이 맞지! 그게 너의 한계라는 걸 몰라? 지킬과 하이드가 소리쳤다. 비웃었다. 오카리나 음률처럼 둥근 목소리가 내 심장을 도려냈다. 둥근 것은 무서워. 벌벌 떠는 내 곁을 흰 가운을 걸친 응급실 의사가 떠나지 않고 지켜 주었다. 지켜 주지 않았다. 흙으로 빚어진 나는 깨어지지 않을 테야. 너 따위가 던지지만 않는다면 난 내 모습 그대로 노랠 할 테야. 삼킨 지우개들을 와르르 뱉어냈다. 산소호흡기를 들이마셨다. 지킬과 하이드가 뚜벅뚜벅, 걸어오는 소리가 들리질 않아. 초록 손톱을 가진 여자가 밤새워 부

는 오카리나 소리만 병원 곳곳을 걸어 다녀. 그만, 집으로 가고 싶어. 투명하게 사라진 네 손을 꼭 잡고

창밖의 기억

1

푸른 은행나무, 덩굴장미, 몸을 뒤채는 자작나무 잎새들이 흔들린다. 운동장 끝머리 하얀 농구대 아래 직선의 그림자, 그림자를 늘이며 걸어가는 체육 시간의 여학생들, 무릎 굻은 백양목 푸릇푸릇한 눈망울을 핥으며 뜀박질 중인 시계 초침이 정오를 지나간다. 붉은 장미꽃 송이에 코를 박는 계집애들의 높은음자리표 수다가 깔깔 발등 위로 굴러떨어진다, 간지럼 타는 꽃잎들, 휘당겨졌다 제자리에 든다, 느티의 가지들이 살랑살랑 부채질하는 그늘 속을 딱정벌레들이 들었다 난다, 환한 세상 속, 수업 끝을 알리는 모종의 종소리에 맞춰 적막이 부서지는 소리들이 귀를 울린다.

2

빗속에 벽시계가 걸려 있다. 분침이 빗줄기가 쏟아지는 방향을 가리킨다, 빗발치는 건너편 비탈, 한 채의 무덤을 가리킨다, 무덤 속에서 반듯하게 누운 이가 모로 돌아눕는, 지금은 저녁 여덟 시. 앙상한 영혼이, 이승과 저승의 간격을 메마른 뼈 하나로 재고 있다. 빗속에 걸린 벽시계가 타전을 한다. 숨을 몰아쉬며, 영원 속

을 오가는 초침 소리. 빗줄기가 받아치는 모스 부호가 젖은 땅을 박차고 어딘가로 날아간다. 말라죽은,

수련 줄기를 흔들며 비가 내린다. 한때 여자였던 남자가 풀밭을 가로질러 간다. 한때 남자였던 여자가 붉은 입술로 담배 연기를 내뿜는다. 처음서부터, 자신이 원하는 대로의 모습을 갖추기가 그토록 힘든 세상. 비로소 제 모습을 갖춘 것들에게서는 어딘지 비 냄새가 난다.

안개주의보 2

이 어둠이 어디쯤인지 물을 겨를도 없이, 잠깐의 웃음소리는 곧 참혹한 우울이 손을 뻗는 동굴 같은 방 안에서 스러져 갔다. 한 가닥의 빛도 스며들지 않는 벽 속에서 밤새 소용돌이치는 바람의 울음소리가 들렸다. 여기가 어디쯤이지? 이 어둠의 깊이는? 그리고 당신은? 다 알고 있다는 듯, 꿰뚫는 눈빛 하나가 아프게 부딪쳐 온다면 이미 너는 안개의 늪에 빠진 것이다. 그렇다면 당신은 밀밭에 내려앉은 UFO. 둥글고 선명한 서클 무늬를 남겨 두고 사라진 정체불명의 생명체.

그 어떤 독법으로도 읽히지 않는 시집 속의 난해한 문장, 밑줄 친 난폭한 욕설, 그렇다면 당신은 오독, 처음부터 입을 가지고 태어나지 않은 침묵, 갈피를 넘길 수 없는 오래되어 낡고 먼지가 되어 버린 아주 두꺼운 밀서.

처음부터 있지 않았던 창문. 그렇지. 당신은 박쥐. 내 목덜미에 깊이 이빨을 박아 넣는 흡혈 짐승. 가랑이 깊은 곳에 은신처를 마련한 외로운 은둔자. 그렇다면 이 어둠의 정체는 허구인가. 내가 가둔 나의 어둠. 창문이 지워진 방에 은밀히 숨어든 불온한 손님. 이 골목의 퇴폐적인 눈빛. 독뱀처럼 기어들어 고개를 처박는 절망, 갈대밭을 흔들어 놓는 악당. 햇살 속에서 부서져 가는 허망이지.

나의 나라

내가 사는 왕국엔
백성이 단 한 사람 곁에 남아
찻물을 끓이고 쌓인 눈을 쓸고
긴 옷자락 펄럭이며 말을 달리고, 날렵한
붓끝으로 난을 친다 사경을 한다
단 하나의 백성은
텅 빈 자신의 내부에 앉아 깊이 생각하고,
사색하고, 사유한다
생각 속에 길이 있음을 안다

—한 생각이 스치듯 일어나 화엄을 이루고, 한 생각이 일어나 지옥을 살아오는 동안,

("지옥에서의 한 철은 이승의 백 년이었어요.")

—생각은 가시처럼 돋고, 생각은 역병처럼 돌아 마침내 무성한 지옥을 이루고, 불길이 치솟는 용광로 속에서 분노와 증오가 타올랐지요.

—풀을 뜯는 소는 우유를 만들었고, 뱀의 혓바닥을 가진 자들은 독을 내뿜었죠.

나의 사유는 거대한 댐,
홍수에 터져 떠밀려 가는 익사체였다
휩쓸려 가는 사념들에 걸려 무릎이
깨어졌을 때,
내 하나의 백성은 도망가지 않고
긴 칼을 뽑아 들곤 했다
그리하여, 내 하나의 백성이여,
그대는 생의 어느 지점에서 탄생하여 어느 지대로
흘러 들어온 이방인인가,
좌표를 알 수 없는 너의 고향은 어디인가,
모두 떠난 뒤,
오직 홀로 남아 나를 지키는 이유는?
(그는 말한다)
생각의 길을 걸어 사유에 이르러 사색에 닿았습니다
하면 거듭 묻는다, 너의 이름은?
피바람 부는 이 왕국을 떠나지 않는 이유는?
"외로운 왕을 두고 단 하나 남은 백성이 차마 떠날 수 없기 때문입니다."

(멀리서 여명이 밝아 온다)
―펄럭이는 붉은 옷자락이 새벽을 몰고 오는 소리가 들린다.
고립된 왕국에 갇혀 생각의 가시를 키울 때,
심장을 파고 증식하는 염체念體*들, 즉비卽非**, 라는 죽비를
내 어깨에 내리치는
나의 무사, 나의 장군이여,

내 왕국은 깊은 생각의 길을 따라 사유가 꽃 피고 사색의 새가 울고, 캄캄한 내 안의 내부가 너로 인해 환하게 불 켜지고, 생각의 눈보라가 뒤엉켜 잿빛 공중에 흩날린다
("지옥에서의 한 생애는 내부에서 키우는 가시나무 한 그루, 심장을 관통하고 명치를 통과하여 목젖을 찔러 대며 입 밖으로 무수한 독설이 뻗어 나왔죠.
적장의 목을 베어 왕국으로 돌아왔을 때,
내가 머물 곳은 없었어요.")

엎드려 나는 그대에게 귀의하노니,
내 하나의 백성, 나의 스승이여,

붉은 옷자락 펄럭이며 말을 달리는
내 하나의 사랑이여!

* 염체(念體) : 내가 생각하고 실체시한 모든 긍정과 부정, 바람직한 가치관과 탐진치 모두가 실재한다고 착각하는 인간의 여러 사념에 의해 만들어진 생각 덩어리로, 염체 아닌 것이 없다.

** 즉비(卽非) : 우리들이 컵이다, 사람이다, 삶과 죽음이다, 무수히 이름 짓는 내 마음이 그린 이미지인 염체의 집착에서 벗어나기 위해서는 모든 존재의 현상을 '즉시 아니다, 본래 공하다'라고 알아차려야 한다는 금강경에 나오는 불교 용어

리셋증후군

내 마음의 시스템은 늘 불안정하다.

당신 앞에서 나는 자주 캄캄하다. 일분일초가 허공이다. 저 허공을 자판처럼 두드리는 것은 하늘을 모니터로 가진 오래된 관습 때문.

창밖을 보다가 나는 가끔 한숨을 쉰다. 이제 한숨은 폭탄, 후폭풍에 밀려 내가 목구멍처럼 까마득하다. 모니터를 켜 놓고 창밖을 내려다보면 자동차들이 마우스가 된다. 도로 위의 저 마우스들은 이리저리 움직이거나 가야 할 방향으로 클릭된다. 도로 위에 펼쳐진 페이지를 나는 재빠르게 열람한다.

일상은 스팸, 내 메일함에는 매일 피로가 쌓인다. 그러므로 매일 밤 당신은 내 잠자리에서 수신 거부된다. 나는 매일 나를 비운다. 내가 텅 빈 채 가벼워져서 당신에게로 간다.

하늘에 떠 있는 달은 휴지통. 나는 저 달 속에 자주 나를 비운다. 비우고 나서야 비로소 무거워진다.

네모난 LCD 모니터가 불현듯 멈추어 선다. 나는 거실을 초조하게 서성인다. 이 초조함은 진화하여 이제는 손가락을 움직이는 것조차 사치스럽다.

나는 낮과 밤이 자전하고 공전하는 주기를 백지상태로 되돌린다.

수동으로 조작하지 않은 채 저절로 밤이 오고, 낮이 가고, 나는 한없이 슬퍼져서 시시때때로 나를 꺼 버린다.

북쪽분홍새우

북쪽분홍새우의 이름은 북쪽분홍새우.

당신 이름은 떠난 방향을 알 길 없는 사계. 지점을 알 수 없는 지대, 나누어질 수 없는 구역. 당장이라도 휘파람 불며 나타날 것만 같은 저녁. 그 저녁이 기억나요. 작은 테이블 위 잘 말려진 이불처럼 놓인 A4용지. 바스락거리는 종이이불을 덮고 우리는 말했죠. 이야길 나눴죠. 마주 앉으면 풍덩, 동공 가득 해일이 일고, 나는 부서지는 파도 소리를 받아 적었죠. 쏟아지는 문장들이 젖은 자갈처럼 쌓이던 그 저녁을 향해 다시 가고 싶어요. 키 큰 자작나무를 만나고 싶어요. 기타 뜯는 그 밤이, 그리운 건, 당신 이름이 북쪽분홍새우가 아니기 때문. 한 장의 이불은 새하얀 A4용지만으로도 충분하기 때문이죠.

동공에서 동공까지 우리의 해역이었죠. 범람하는 물살이 아직도 어깨를 적셔요. 닫힌 문 안에서 심해 언어가 무수히 익사하는 동안, 당신 이름은 흥얼거리는 술잔이었다가

쉼 없는 자맥질, 불현듯 지느러미 흔드는 북쪽분홍새우라 명명할까요.

3부

베르나르 브네의 기억

오랫동안 깊이 잠들지 못했다. 저녁이 문을 밀치고 들어서면 예감처럼 어둠은 또 밀려와 창문을 에워쌌다. 당신이 불빛 아래서 그 환한 얼굴을 드는 순간, 나의 한 생이 온전히 기억되었다. 꿈속에서도 눈물이 흘렀다. 찬 기운에 잠이 깨면 새벽 네 시, 혹은 다섯 시. 그때 당신은 잠시, 내 눈빛을 들여다보다가 분노한 헤라클레스의 가슴을 발견했거나 시바 여왕의 야성적 눈썹을 끌어와 덮어 주고는 잘 자라는 쓸쓸한 말 한마디 흘려 놓았다.

재즈보컬의 음색을 흘리는 여자가 온종일 마이크를 붙들고 예수를 찬양했다. 찬송가의 배경음이 광장을 적시고 있었다. 천천히 몸을 흔들며 리듬을 타는 여자의 행색이 시야에 들어왔다. 목소리는 호소력이 짙었다. 낮게 기도문을 읊조리다가 서서히 하늘까지 치솟는 여자의 가락에 맞추어 찬바람은 낙엽을 이끌고 일제히 회오리쳤다. 광신도처럼 분수대의 물줄기들이 세찬 박수갈채를 뿜어 올렸다. 비둘기 떼 콘크리트 바닥에 복음을 새겨 넣는 저물녘, 봉지 터진 알사탕처럼 굴러왔다 바삐 사라지는 사람들 속에서 허스키한 여자의 노래는 지치지 않았다. 끊어질 듯 이어지는 저 바람의 찬가, 웅크려 누운 것들의 등을 토닥이며 오랫동안 광장에 머물러 있었다.

늘 깊은 잠이 그리웠다. 자고 나면 몇 겹의 허물이 벗겨지곤 했다.
정오의 햇살을 따돌리고 아주 은밀한 곳에 주차된 주인 모를 당신과 내가 하나의 방으로 스며들었을 때, 나의 전 생애가 당신의 유전자 속에 낱낱이 기록되었다.

동해 폭설

어디선가, 하늘이 자욱하게 상어 떼가 몰려왔다 난폭한 생애가 목에 걸려 넘어가지 않고 정지해 있을 때 북서풍을 타고 정초에 눈이 내렸다 그물을 털어 내는 어부의 손등이 가뭄으로 갈라 터져 있다는 것을 겨울 한복판에서야 알았다 지금은 통화 중인 순간이다 눈송이 사이로 새하얀 문장이 펄펄 날렸다 목젖 가득 흰 눈이 쌓여 왔다

음악이 풍경을 견디게 한다 이를테면, 데이비드 달링, 팻 메스니, 얀 가바렉, 존 서먼…… 북풍한설의 예리한 날이 선 영혼을 저미는 저 핏빛 선연한 선율들이다 가슴을 두드려 도대체가 시간의 갈피를 넘길 수 없었다 눈발 흩날리는 허공을 바라보며 멈추어 선 유리창에 입김을 기록했다 정지한 생의 페이지에서 오랫동안 상어 떼들이 몰려왔다가 몰려갔다 지워져 보이지 않을 때에도 여실히 드러나는 생의 참혹한 순간들, 나의 한 시절은 아직 시작되지 않은 채 끝난 적도 없이 도시의 외곽으로 밀려났다 폭설에 길을 잃은 문자메시지의 알림음이 둥글게 공중으로 울려 퍼졌다 젖은 목소리로 에코 음을 울리며 내리는 흰 눈, 좀처럼 넘어가질 않는 정지된 화면 속으로 은빛 비늘들이 맨땅에 한없이 죽어 갔다

돌아오지 않는 아침

먼 길을 돌아온 시곗바늘이 또각또각
가슴속으로 파고든다
죽은 화분들이 놓인 창밖에는
짙은 안개가 지나간다
빗방울 듣는 후박나무 이파리 아래
쓸쓸한 안개의 망명지가 있다
손톱을 깎는 계집애가 고개를 들어 바라보는
허공에 금이 간 거울이 있다
거울 속엔 말라 죽은 꽃들의 영혼이 있다
햇빛만으로는 살지 못하는 식물의 뿌리가
있어 영양이 다 빠져나간 화분 속에서 시들어 간
육신의 긴 울음소리가 들려오는 창문 안으로
마른 바람의 비웃음 소리가 들린다

상어 떼가 출몰하는 걸프만에 조각배를 띄우고 나는 어깨가 건장한 검은 사내랑 미친 사랑을 나눈다. 깊은 잠이 들면 톱날 이빨을 들이대는 상어의 뱃속으로 빨려 들어가 웅크린 태아가 된다. 성난 파도가 거대한 아가리를 벌려 세상을 집어삼킨 여름은

고온 다습한 열대의 기후. 간신히 살아남아 옷걸이에 어깨를 걸어 둔

저녁은 참 무섭기도 하다
애써 지우지 못한 것들의 얼굴이 먼 길을 걸어와
내 집 문을 두드린다

파르테논

살아 주목받지 못한 몸,
죽어서야 비로소 눈길을 끌었다.
메뉴판의 이름처럼 뚝배기 속 뼈다귀는
그리스 신전의 거대한 구조물이다.
고단한 생을 끝내고 해장국 집 뚝배기 속에서
부글부글 끓어오르는 거품을 뒤집어쓰고
더욱 반짝이는 뼈를 과시했다.
그르렁대며 뼛속을 후벼 파는
혓바닥은 내가 살아내지 못한
지난 생들의 깊은 동굴로 발을 디디고,
가시처럼 박힌 살점을 씹어 댔지만
붉은 육질을 꽃피워 올리던 완강한 골조에
이빨을 박아 넣을 수는 없었다.

오랫동안 물고 늘어진 뼈다귀는
빈 접시마다 그득하게 기둥과
서까래를 쌓아 갔다.
죽은 자의 집은 자꾸만 쓸쓸하게 식어 갔다.

불 꺼진 집 앞에서 사람들은
포만감에 치를 떨기도 했다.
죽어서도 집을 갖지 못한
둥근 접시 위의 뼈다귀.
아무렇게나 던져진 뼈다귀들은
그렇게 밥상에서
무너진 국가 하나를 다시
건설했다. 지웠다.
김 서린 가게 유리창 너머로
오늘 하루가 벗어 둔 신발처럼 기다리고 있다.

나나

화요일에 보이지 않던 너, 목요일 지나 금요일에도 보이질 않는다. 나는 보이지 않는 너를 보고 들리지 않는 너를 듣는다. 마우스를 클릭하면 나타나는 너는 내 문서에 저장된 그리움, 바탕화면의 쓸쓸한 풍경, 답장 없는 한 줄의 문자, 기다려도 오지 않는 먹빛 눈동자이다. 울림 없는 메아리, 날개 꺾인 화살촉, 행방을 알 수 없는 바람이다. 토요일 아침에 메일함을 연다. 받은 편지함의 숫자가 0을 기록할 때 삽시간에 심장은 젖어 들고 메마른 명치에서 샐비어가 피어났다. 샐비어 한낮의 뜨거운 열기가 확 끼쳐 왔다. 환한 흙 마당 뙤약볕이 꽃나무 그늘을 길게 늘어뜨리는 동안 나는 고아처럼 마당 한가운데 서서 너를 찾는다. 정적이 감도는 넓은 마당 집. 일요일 밤엔 울음이 난다. 때 늦은 꽃샘추위 몰려오고 머리를 헤쳐 푼 바람은 창문을 흔들어 댄다. 내 블로그에 외로운 방문객이 되어 안부 인사를 남길 때, 화면에 뜬 너는 새끼들을 품고서 내게 눈 맞춘다. 메일함 속 받은 편지함의 숫자는 여전히 0을 기록하고 젖은 눈동자 속으로 샐비어는 마구마구 꽃을 피워 댔다. 아흔아홉 칸 방이 있는 집 마당에서 나는 아직도 너를 기다린다. 내 문서에 저장된 아름다운 어미 고양이, 바탕화면으로 건너와 나를 바라본다. 부팅할 때마다 더욱 깊은 눈짓을 내게 보내는, 떠나 버린 내 사랑, 검은 턱시도 길고양이다.

아침의 태풍

이 아침은 패잔병 같구나
썩어 밑뿌리에 스며들 거짓말들 이토록 무성했으니
세 치 혓바닥들, 방부제 뿌린 거룩한 말들,
문드러지지도 않고 저리 바람에 나뒹구네
미쳐 날뛰네 썩지도 않아 저 비린 것들은
소용돌이치는 태풍의 눈이 오후를 지나 삽시간에 저녁의 뼈를
으스러뜨리는 속도를 좀 봐
유효기한도 없이 유통되는
허리춤 아래 불온한 발설과 외설과 배설을 봐
후드득 떨어져 쌓이는 환멸들을 봐
폐비닐처럼 나부끼는 혼을 짓밟고 지나가는
부패한 수작들을 쓰레기통에 쑤셔박아 넣고
그래도 살아 보겠다고 가을 지나 모진 겨울 난 후 다시 움트기
시작하는
열망들, 배신의 땅을 딛고 뾰족한 뿔을 디미는
푸른 목숨들 숨 가빠 오는데
바닥에 흥건히 고인 새빨간 거짓말들
아직도 썩지 못해 늑골 속을 쿵쿵 달리네

피 묻은 입술을 닦네
살아야겠다고,
봄 흙 움켜쥐고 일어나 앉는 잘린 발목을 봐
빈 가지마다 햇것들 아기 혓바닥처럼 순하고 부드럽게
살갗을 핥으며 안겨 오는 이 어둠은
더는 잃을 것 없는 내 모습 같아서

다시는 돌아가지 않겠다
입술을 깨무는
저 바스락거리며 흐느끼는 것들
녹슨 명치에 뚫리는 무수한 구멍들
지난밤
나를 파먹고 기어 나간 무수한 벌레들의
아침의 흔적

안개주의보 1

1

침묵하는 유령. 길들여지지 않은 야생마. 내 등에 올라탄 너의 늑골은 금이 간다. 거칠게 풍경을 핥고 지나가며 폭풍우에 쫓기므로 나를 안은 너는 폐허. 조난당한 영혼이다. 너는 희귀 종족. 해일로 밀어닥치는 분노. 무섭게 회오리친 후 무엇 하나 살아남은 것 없이 난파된 배, 망연자실, 너의 종족의 오랜 성품은 치솟는 활화산이었다.

조용히 스며드는 습성은 네 종족의 유서 깊은 DNA. 어느 순간 흠뻑 젖어 버린 것을 알아챈 후론 더욱 갈증에 타들어 갔다. 너는 모하비사막의 선인장. 네 말은 가시를 많이 품고 있다.

2

베일을 휘감은 욕망. 한 입의 붉은 허기를 일용하기 위해 힘겹게 따라 걷는다. 너는 어리석은 당나귀. 휘몰아치는 열정은 단칼에 상처를 베어 낸다. 그러나 그물을 빠져나오지 못하는 사나운 파도. 길들여지지 않은 태풍의 후예. 웃는 법을 아직 배우지 못한 슬픈 영혼이다.

심장을 찌르고 사라지는 치명적인 유혹. 내 혼 속에 침투한 잔혹한 적군이다. 달이 차오르는 밤 너는 단검이 내리꽂히는 목숨 건 사랑을 한다. 한지에 번지는 수묵. 잉크빛 수국. 온통 뿌옇게 시야를 가리며 뼛속까지 파고드는 증오이다. 새빨간 거짓말. 너는 참을 수 없는 속울음이다.

트렁크 1

검은 고양이가 수놓인 트렁크 속에서 아이가 자랐다
기차가 도착하는 시간마다 트렁크는 비대해졌다
폭설이 내리고
성모마리아상 발치에 앉아
신부를 사랑한 스물세 살 수녀의 고백을 들었다
다시 태어나면 한 남자를 선택하겠다는
검은 수녀복에 갇힌 그녀를 꺼내지 못하고
빙판이 된 언덕길을 트렁크를 타고 넘어왔다

푸른 독을 품은 트렁크가
닫힌 창문을 두드리며 다가오는
기억은 참혹했다
불면의 밤들이 치렁치렁 목을 조여 왔다
백 개도 넘는 트렁크 속주머니들이 지퍼를 닫는
소리를 들었다

하루에 세 번
삐걱대는 트렁크를 저주했다

굴러다니는 기억들을 살해하고
발길에 차이는 욕설들이
거리를 질주했다

트렁크 속에 담긴 치욕은
키 큰 나뭇가지에서 알라신의 눈동자로 주렁주렁 열렸다
하루에 세 번
기차가 지나가고
검은 고양이가 열렸다 닫히는 트렁크 아래로 지나가며
날카로운 비명을 질러 댔다

트렁크 2

지퍼를 내려야 할까
망설이는 사이 겨울이 지나갔다
몸 뜨거운 꽃이 돌아와
아지랑이 피워 올리고
기어코 지퍼를 내렸다
나뭇가지마다 헌 옷가지를 걸치고
나는 길고양이들을 만났다
발정 난 새벽이 발톱을 세워 얼굴을 할켰다
비린 바람이 불어오자
지퍼를 물고 아침이 왔다
지퍼를 벌린 정오가 문밖으로 걸어 나갈 동안
지퍼를 닫은 오후가 마우스를 클릭했다
길고양이 루의 뱃속에서 새끼고양이들이
쏟아져 나왔다

나나 무무 토이 티거 마루

어미 고양이가 새끼들이 담긴

저녁의 지퍼를 열었다
또다시, 깨 콩 보리, 꼬마가 튀어나왔다
찰리 채플린 콧수염을 단 검은 턱시도 고양이가
기어 나왔다

지퍼가 달린 트렁크는
내게 오래 눈을 맞추었다
지퍼의 고리를 잡고 돌아서야 할까 망설이는 사이
발정 난 수컷들은 새벽의
뒷덜미를 깨물었다
오랫동안 숲이 날카로웠다

트렁크 곁에서

1

나는 트렁크를 열고 들어가서 트렁크 속에서 몇 생을 살았다.

몇 생을 더, 트렁크 밖으로 나오고 싶지 않았지만, 이따금 플러스마이너스 루트의 모습으로 트렁크를 열고 나왔다, 다시 1, 2, 3, 4, 5, 6, 7, 8, 9, 0, 변덕 심한 자연수 무리수 유리수가 되어 트렁크 열고 트렁크 닫고 트렁크 깊숙이 파고들었다. 트렁크의 품은 참 깊고 넓어서, 많은 것들이 드나들며 쉬고 자고 골똘히 생각하고 지끈지끈 머리를 앓고 분해하고 약분하고 나누고 빼고 더하고 곱했다. 그해 겨울은 너무 추워서, 트렁크 안에서 트렁크와 입 맞추고 트렁크와 섹스하고 트렁크와 블루베리 머핀을 먹고 트렁크와 알로에 주스를 마셨다. 둥근 트렁크의 등을 껴안고 옅은 잠에 빠져들곤 했다. 체위를 바꾸어 가며 사랑을 확인하는 진분수와 가분수 곁에 나타나는 대분수들까지, 트렁크 안과 트렁크 밖에는, 트렁크를 열고 닫고 열고 닫고 열고 닫길 원하는 호기심 어린 기호들이 많았다. 수천의 얼굴을 가진 내가 많았다.

2

지붕 하나 갖지 못한 나의 트렁크 속으로 폭설이 내려 쌓이고,
겨울비가 내리고, 빙판이 된 트렁크의 가슴팍에 기대어 나는
자꾸만 추워하며 쓸쓸해하고,
견디기 힘들면 가 버리라고 트렁크는 소리쳤다.

그해 겨울의 트렁크를 열고 닫는 동안, 나는 풀기 어려운 수학 공식 속의 기호로 나열되어, 사랑하고 배신하고 의심하고 다시 사랑했다. 트렁크 안에서 쌓인 눈이 녹고, 겨울비가 그치고, 언 가슴팍은 녹아 강으로 흐르고, 바다에 가 닿고, 그 많은 기호들은 모두 물고기가 되어 지느러미를 흔들며 트렁크를 떠나갔다.

바닥의 습관

바닥만 보고 걷는 것은 내 오랜 습관이다.

발끝으로 허공을 톡톡 차고 걷다 보면
뒤꿈치까지 따라서 구름을 툭툭 찬다.
그러니까 발이 나를 가운데 두고 자기들끼리
밀고 당기는 동안 나는 앞으로 간다.

뒷발이 발끝으로 미는 동안 발꿈치는 내리막이다.
내 몸에는 그렇게 내리막과 오르막이
사이좋게 살고 있다. 내 몸속에 기거하는 이 오르막과 내리막
의 이야기를
듣는 동안 오래된 내 구두코가 뭉개지고
바람 소리 들려왔다.

구두 끝은 발톱처럼 둥글 뭉툭하다.
무엇 하나 아프게 발로 차 본 적 없다.
어쩌면 구두 끝이 뭉툭한 게 그래서일지 모른다고
생각하는 동안에도

내 몸은 여전히 오르막과 내리막이다.
오르막길에서도 난 여전히 바닥만 보고 걷는다.
마치 물속을 걷는 것처럼 내 안의 오르막과 내리막이
서로를 부드럽게 밀어 주기도 한다.
때론 걸음을 멈추고 오르막과 내리막이

내 얼굴을 보고 웃는다.
비로소 내가 온몸으로 걷는다.
집이 가까워질수록 담장 없는 골목 아래의 낮은 집들,
손바닥만 한 마당을 품은 집들의 살림살이에도
오르막과 내리막이 다 보인다.
멀리 도심의 불빛은 강물처럼 흘러가고,
골목길은 강가의 잔 물살처럼
내 몸에 닿는다. 가로등 불빛은
커다란 물방울처럼 맺혀 집들의 따뜻한
창을 바라본다.

살아가는 일이란 게 생각해 보면
눈물 나게 별거 아니다.

낡은 신발 한 켤레 불빛에 걸어 두는 일이거나
식구들의 신발 사이에 내 신발을
나란히 벗어 두는 일이다.

신발이 나와 등 돌리고 잠드는 동안
내 오르막과 내리막을 잠시 쉬게 하는 일이다.

4부

날아라 기러기

언젠가 그가 날개를 오므리고 잠든 모습을 본 적이 있다. 물가 어디쯤이 아니라 텔레비전이 혼자 켜진 푸른 방구석이거나 식탁 앞이었다. 3만 킬로쯤이라도 날아온 것일까. 사내의 오므린 날개가 힘없이 바닥으로 내려와서 깊어 가는 밤.

초저녁 티브이 뉴스 위에 앉아 있거나, 끼니를 건너뛰거나, 다시 깨어나 어슴푸레 밝아 오는 아침을 홀로 맞이하는 것은 이제 낯선 일이 아니다. 형광등이 어둠을 밀어내는 거실 창가 조간신문을 읽다가 벽에 걸린 가족사진을 바라보는 시선은 아픔에도 도가 텄을 법한데, 유독 흔들리는 눈빛인 걸 보면, 그는 아직, 아픔에는 하수임이 분명하다.

오월이 오면 발작하듯 그리움은 한꺼번에 터져 사태져 오고 어린이날, 가정의 달, 사내의 검은색 지프는 미친 듯이 해안을 달리거나 멀리 고속도로를 퓨마처럼 달린다. 달리다 지치면 바람의 고삐를 돌려 되돌아오는 것을 스무 해 동안 반복했다. 창밖에선 덩굴장미가 피고 지고, 사내도 장미 따라 피고 지고 세탁기 프로펠러 돌아가는 소리도 한없이 피고 지고, 그의 가파른 일상은 지상 1000미터를 날고 있다. 베란다 창이 열리고 숨 고를 새도 없이 살아온 날처럼 아파트 불빛들이 V자로 켜지던 순간,

어느새 흰 머리칼로 뒤덮인 그의 청춘은 날개를 펼치며 가장 앞서 날았다. 아파트 불빛들이 사내를 따라 모두 날아가고, 불 꺼진 아파트에서 사내를 본 사람은 아무도 없었다.

방

벽이 싫어 따로 한 평짜리 돗자리를 장만했네 놓이는 곳마다 바람의 세기가 바뀌는 느티나무 아래 우리는 방을 펼쳤네 문턱도 없이 무시로 개미들이 넘나들고 옮겨 앉을 때마다 해 지는 풍경을 바라볼 수 있는 어린 왕자의 소혹성 같은 한 칸 방 옆으로 우리는 신발을 가지런히 놓았네 곰돌이 푸와 그의 친구들이 새겨진 방은 3천8백 원짜리였네 사글세도 받아 나갈 필요가 없는 우리의 방은 가벼워서 한 손으로도 들 수 있었네 얌전히 자루 속에 든 방을 흔들며 벚나무 그늘 밑을 걸으면 매미도 더욱 영악하게 울어 댔네 한 평짜리 방은 어두워질 사이가 없었네 전세도 없는 방에 마주 앉아 조촐히 웃다가 방을 고이 접어 비닐 자루에 담으면 노을은 서쪽 하늘에서 불타고 있었네

유월의 단추

유월의 단추를 풀고 맨드라미 모종을
심는다 쇄골 근처에서 맨드라미가
자란다 붉은 맨드라미가 태양에
불타오를 때 빼곡한 기억들은 까맣게
익어 간다 참혹한 기억들이 햇살 아래서
부화한다 유월의 중심으로 날아간다
맨드라미 꽃대에 날아와 앉는 무참한
생각들, 함께 흔들리는 무성한 모멸들,
유월의 단추를 열고 탄생하는 숱한
치욕들이 우—우— 신음한다
유월의 목덜미에서 풍성한 슬픔이
소용돌이친다 흘러내린다 엿가락처럼
녹아내린다
아픈 기억을 핥으며 맨드라미는 타는
갈증에 헉, 헉, 숨을 몰아쉰다 터질 듯한
울분은 동백꽃으로 피어난다
달궈진 슬픔만이 유월의
나무 벤치에 앉아 꽃씨 한 줌을

기다린다 그날의 오욕은 빗물에 씻겨
흘러가지도 못하고

단추를 잠그면 시간이 멈추고 맨드라미
씨앗과 함께 유월이 실종된다

손톱 끝의 달

모종의 바람이 불어왔어 나는 겨울의 초입에서 수신차단되었어 현을 뜯으며 다가오는 베토벤 현악의 재즈로 걸어왔어 달빛을 동봉하여 보냈으나, 찬바람과 함께 되돌아왔어 캄캄한 구름 속에 몸을 숨기는 만월,

나는 너의 수신차단 목록에 추가되었어 클릭 한 번으로 차단 설정된 나는 너의 머릿속에서 삭제되길 바랐어 하얗게, 지워지길 바랐어 현을 퉁기며 귀멀고 눈멀어도 달빛은 걸어왔어

최면술사는 나를 아득한 곳으로 이동시켰어 미래인지 분간되지 않는 지점에 내가 올라탄 타임머신의 성능이 수상했어 최면술사의 손짓이 의심쩍었어 한번도 와 보지 못한 길목에서 나는 미아가 되어 떠돌았어 나는 네게 가 닿지 못했어 한 꾸러미의 열쇠 흔들리는 소릴 내며

수신차단되어 되돌아온 달빛, 애잔한 선율로 몸을 휘감으며 저음의 베이스를 퉁, 퉁, 울려 댔어

다시 모종의 바람이 불어오고

내 손톱 끝에 한없이 머물렀어

저녁의 음악

— And I'll be remembering You*

이 하루는 낡고 거친 시내버스로 흘러와 저녁의 문 가까이 닿았다.

합판을 덧댄 손수레가 재래시장을 밀고 다닌다. 좌판에 드러누워 불빛을 쬐던 문어들이 산호초 닮은 아름다운 빨판을 드러낸 채, 시장 여자들 쌈박질 소리를 듣고 있다. 귀가 따가운지, 꼼지락거리며 몸을 조율한 후, 무수한 코드를 눌러대며 재즈를 연주하기 시작한다. 흡착력 강한 빨판이 목청껏 불어 젖히는 트롬본 소리, 색소폰 소리, 좌판을 두드려 대기 시작하는 소나기 지나가는 소리,

파장 가까운 시장이 때아닌 소리들로 소란하다. 머리채를 잡아 뜯던 여자들이 시장바닥을 구르고 있다. 어디든 가서 쓸쓸한 의자에 앉고 싶다. 소주잔을 기울이는 저녁이 화통을 집어삼킨 듯 뿜어 대는 연주를 듣고 있다. 욕설은 울려 퍼진다. 그리고 나는 당신을 기억하고 있을 거예요.

외눈처럼 박혀 있는 문어의 다부진 입이, 어둠의 눈을 한껏 노

려본다. 흠칫, 저녁이 놀란다. 지친 여자들이 내는 거친 숨소리, 둥근 빨판들이 소릴 지르며 싱싱하게 꽃핀다. 앉아서 생각에 잠길 의자가 없다. 캄캄한 마음. 힘든 싸움. 저녁이라는 이름으로 하루의 막막한 등에 기대어, 그러나 나는 당신을 기다리고 있을게요.

이 난장판의 한가운데서.

* Die Resonanz Stanonczi의 재즈 연주곡 제목

바다로 가는 마을버스

가난도 한철 감기, 반짝 아프다 사라지는 것이라면.

오후의 햇빛과 눈이 맞는다는 것은 위험한 일이다. 햇빛은 돋보기를 바짝 들이대고서, 경사진 계단 길에 앉은 나의 눈 속을 예의 주시하고 있다. 푸른 꽃 받침대 위에 얹힌 한 알의 씨앗, 턱을 괴고 깊은 생각에 잠긴다.

씨앗으로 캄캄한 천년을 떠돌 것인지. 다시 햇빛으로 꽃필 것인지.

어깨가 기운 담장 아래에 뿌리 내린 꽃들을 본다. 꽃들이 물고 있는 씨앗은 꽃 진 후, 부풀어 가다 까만 수류탄 모양의 씨앗으로 여문다. 안전핀을 뽑을 듯이,

분꽃 받침대마다 바다를 향해 날아가고 싶은 수류탄들이, 위태롭게 놓여 있다. 하얀 봉투에 수류탄을 담아 부친다. 당신의 꽃밭에서도 이제, 장렬하게 몸을 던져 꽃으로 폭발하는, 씨앗들을 만나게 될 것이다.

여자와 남자가 조그만 방에 들어 살림을 차리고, 채송화 씨앗을 낳고 살았다. 그 남자, 팔베개에 곤하게 여자 잠이 들고, 씨앗도 쌔근쌔근 잠이 들면, 꽃잎에 나와 앉아 피워 문 담배 연기가 밤하늘에 길을 내고, 그 길 따라 한참을 걸어갔다 되돌아오던 남자. 숟가락 두 개뿐이었던 사랑.

나는 굴곡 심한 오르막과 내리막의 연속, 평탄한 대로를 달리게 될 때는 낯설기만 했다. 흔들면 흔들리면 된다. 왼쪽으로, 오른쪽으로 심장 가까이 닿기도 하며, 등에 쿵, 얼굴을 파묻기도 하면서, 바다로 가는 마을버스. 때로, 섬이 있는 아주 먼 곳까지 다녀오기도 했다.

흔들리지 않는 것은 모두 떠나보내고, 내 안에 흔들리는 것들만 남겨 둔다. 쓰러지지 않는 것들은 흔들리지 않는 것들과 만나 내 안은, 오래 쓸쓸하겠지만 머잖아 그리운 곳에 닿을 것이다. 그 반짝이는 바다에 닿아 꽃으로 일어설 수 있겠니.

저녁은 손톱 끝으로 온다

내게서 버려진 이야기들이 시작되는 손톱에는 끊기고 잘린 저녁의 흔적이 가득하다. 한때 물어뜯곤 했던 어느 날의 기억들이 자라는 그늘 속에서, 침엽수 몇 그루의 이야기가 들어 있는 저녁에 대하여 생각한다.

둥근 손톱 속으로 들어간 저녁이 집 한 채 짓고 불을 켜는 동안 내 생각은 그랬다. 한때 그토록 내가 밀어냈던 그 저녁들이 모여 사는 집이 완성되는구나. 생각해 보면 싸맨 봉숭아 꽃잎이 이불 구석 어디쯤에서 발견되던 날에도 봉숭아 물든 손톱 끝으로 저녁이면 불이 켜지곤 했다. 아무리 아픈 저녁의 기억도 따뜻해 보이곤 하던 건 불빛 때문이었는지도 모른다. 불 켜진 집처럼 손끝이 곡선으로 휘어질 때, 오고 간 것들이 모두 하나의 손톱이란 걸 알았다.

불빛 너머로 눈이 내리길 기다렸다.

그렇게 첫사랑이 소리 없이 손톱 끝을 빠져나간 후 내 몸에 꽃물 들던 시절, 손톱 끝으로 만삭의 달이 들어와 눕고, 그 아래 침엽수들이 하루가 다르게 자라나기도 했다. 손톱으로 저녁이 드는 것을 보는 일은 엄숙한 일이었다.

당신은 손톱을 볼 때 손가락을 안으로 오므리는가. 끝이 당신을 향하든 밖을 향하든 손톱이 있는 자리가 끝이다. 생각해 보면 끝이 끝을 밀어 간다는 것이 감동적이었다. 마치 한 편의 시가 그런 게 아니냐고, 한 줄의 생애를 중얼거리던 시절, 이 저녁의 이야기도 꼭 비극은 아닐 것이다.

오늘 손톱 속에 든 저녁은 고요하다. 환하게 불 켜지지 않는 가시를 안고 살아가는 일도 저녁이 손톱 끝으로 온다는 걸 알아버린 지금.

유월 장마

누이가 다녀간 뒤
도시는 장마권에 접어들었다
먼지 낀 창틀을 타고 검은 빗물이 흘러내렸다
짙은 눈화장을 한 여자가
아파트 복도 끝에 서서 울고 있었다
여자들은 왜 모두, 문밖으로 나와 울고 섰는지
누이는 왜 잿빛 승복 차림으로
먼 길 떠도는지
문 안에서 여자들은 울지 않는다
무표정한 눈빛은 문밖을 나섰을 때 울음이
되어 터져 나온다
저 길 끝을 돌며
빗물과 함께 소용돌이치며 흘러가는
여자들의 눈물을 본다
장마가 길어지고
파르스름하게 깎인 누이의 무덤 같은 머리엔
무성한 생각들이 잡풀처럼 자라다 베어질 것이다
닫힌 문 안에선

빗소리로 번식하는 푸른곰팡이들
누이가 미처 뿌리 뽑지 못한
입을 다문 말들이 창궐한다

누이의 열무김치

알이 자잘한 열무를 반 쪼개어
아삭한 김치를 한 통 담아 놓고
만삭의 누이는 작은 보따리 짐을 들고
혼자 아기를 낳으러 갔다
신혼 단칸방 어디에도 누이를 위한
안식의 공간이 없어 시린 바람 무성한데
연탄불 위 미역국만이 그 마음 내가 알지,
바글바글 애끓는 심정으로
가슴 졸아들고 있었다
얼굴에 뽀송한 솜털이 돋은
스물세 살 누이야
결연한 표정으로 문 열고 나서는
뒷모습을 오래, 그저 바라보아야 했다
난산에 사경을 헤맬 때,
열일곱 살 내가 스무 날을 넘게
애길 안았지, 낮밤
생사를 오간 누이의 이마에는
어떤 꽃이 피는가

만개한 울음을 삼키며 꽃봉오리들
앞다퉈 부풀어 오는 초봄이었다
누이의 젖꼭지를 무는 첫봄의 탄생이었다
서러운 봄날의 누이는
삶과 죽음을 넘나들며 스무 날 몸져누운 것으로
몸조릴 대신하고 다시
일어나 아기와 함께 웃었다
솜털 뽀송한 누이와 뽀송한 솜털이 난
아기는 앞뜰 분꽃처럼 예뻤고,
까만 분꽃 씨앗처럼 모녀가 잘 여물기를 나는 기도했다

오늘, 누이의 열무김치가 택배로 왔다
수십 년 전 알이 자잘했던 바로 그 열무였다
이젠 바람에 옷깃 펄럭이는 잿빛 승복의 누이는
듬성듬성 빠져 버린 치아를 피해
생의 짠맛을 베어 물었을까
스물셋에서 예순둘로 훌쩍 건너뛴
누이의 이마엔 이 봄, 불두화가 환하게 피어나고 있을 것이다

스웨터

서랍을 열었다 닫는 사이 어머니의 자색 스웨터가
사라졌다 서랍을 열고 닫는 동안 우리들의 혈육은 뿔뿔이 흩어지고
여자 하나, 여자 둘이 남았다
립스틱을 붉게 바르고 축제엘 다녀온 날은 마치 내가 창녀가 된 듯
기분이 나빠. 억지웃음 빨갛게 흘리는 여자의 브래지어 속으로
사내들은 킬킬, 지폐를 쑤셔 넣었다

어때, 좋아?
서랍 속으로 노을이 지네
차곡차곡 팬티들이 쌓인다

난 아직 그것에 대해 할 말이 많다
나는 너의 밀도 높은 문장을 사랑하고
나는 너의 꽉 끼는 페니스를 증오하고
그것은 차라리 한 권의 불타는 섹스에 가깝다
한 칸의 어둠과 비례한다

어머니의 자색 스웨터를 돌려줘
무덤을 갖지 못한 사람들의 흰 뼛가루가 빗물에
쓸려 개울가에 다다르면
그 쓸쓸한 서랍은 한 채의 봉분이 되어
전생의 기억들로 젖는다

말해 봐,
입 속의 밥알들을 꿀꺽, 삼키고서
너는 돌아서서 서랍처럼 웃는다
스르륵 닫히는 마음과 차르륵 열리는 마음은
한 벌의 옷이 되질 못 하는데
창밖 길고양이들의 울음이 되어
새벽을 찢어발긴다

1958년산 포터 트럭

저 사내, 바람에 부식되어 겉이 헐었다

손을 대면 붉은 녹이 묻어났다
유리창은 산산조각이 나 있고
숨을 고르는 목구멍에서 검은 연기가 새어 나왔다
사내를 움직이게 했던 힘은 언제나
안주 없이 들이키는 소주였다
빈속에 값싼 휘발유를 가득 채운 날은
방향을 잃어버렸다
경사진 길을 가까스로 올라서면
주차할 공간은 늘 차 있었다
비좁은 식솔들의 틈바구니 속으로
제 몸을 눕힐 때마다
여자의 앙칼진 목소리는 가슴을 할켰다
한 달 치 생활비를 체납하지 않으려
공사판으로 피로한 다리를 몰고 또 몰았다
그러고도 모자라는 액수는 몸으로 지불하고,
그럴 때마다 생애의 틈으로 하염없이

엔진오일이 빠져나갔다
따져 보면 숨이 턱까지 차오를 나이는 아직 아닌데
녹슬고 찌그러져 폐차 연습을 하였다

이제 겨우 1958년산인 사내,
아무도 정비시켜 줄 사람을 만날 수 없다

겨울 기모 반집업셔츠

지퍼를 올렸다 내리면 봄이 올까
지퍼에 갇힌 내 몸은 극 지대,
얼음으로 빚어진 등판에서 사철 찬바람이 휘몰아친다
냉기를 달래려 반집업셔츠를 주문하면 팔이 긴
냉감셔츠가 왔다 딱딱 치아가 부딪치게 추워
체온을 재면 시베리아 벌판 어디쯤에
홀로 서 있는 여자가 보인다
손발이 꽁꽁 얼어붙은 날엔 편지를 태우고
새끼 길고양이가 미끄럼틀 아래로 들어와 나와 함께
바들바들 떨었다 발을 동동 굴렀다
"너네 엄마는?" 엄마가 없는 나와 어린
길냥이는 밤마다 몰래 만났다 콧물을 훔치며
아독아독 사료를 씹는 동그란 눈망울,
깡깡 얼어 버린 물을 나는 나뭇가지로 뚫었다
"목을 좀 축여 봐, 물은 생명이니까"
반집업셔츠의 지퍼는 내 엄마 손길이니까
그 겨울 기침을 해 대는 조그만 길고양이와 열이
끓는 나는 서로의 이마를 짚었다 무릎에 와 박히는

칼바람을 견뎠다 내 몸속 유빙을 타고
흰곰이 아주 멀리 떠밀려 가는 꿈을 꾸었다
엄마 없는 작은 곰이었다
"지퍼를 열어 줄게" 내게로 오렴,
우린 당장, 파충류가 될지도 몰라서 서로의
무릎에 올라앉아 갸릉갸릉 얼굴을 파묻었다,
눈물을 닦았다 지퍼를 내리면
꽃들이 몰려올까 뭉글뭉글 가슴 헤집고
아지랑이가 피어오르길 기다렸다

소선 이모

인자 이 동네 할매 할배들은 몇 안 남았데이 엊그제는 아는 동상이 안 보여 푸성귀 한 움큼 뜯어 가 봤더이 시상에 며칠 전에 죽었뿟다 안카나 시방 코로나 땜에 죽은 기라 밤새 마음이 얼매나 안 좋던지 낸도 인자 팔십다섯 아이가 이마이 살았으면 누구 등골 빼라고 자석들 편하게 고마 가야지 내사마 마당에 묶인 개 한번 쳐다보고 이야기 좀 나누다 들에 안 섰나 코로나에 사람들 안 볼라고 논두렁 질러 며칠 지팡이 짚고 걸어 댕겼더이 만신이 아프네 침 튀면 옮는다고 경로당도 문 닫고, 심심어도 동네 고양이나 붙들고 몇 마디 할까 당췌 말할 사람이 없네 코로나에 닌도 속이 쑥쑥어서 전활 했제? 나이 퍼뜩 간데이 내 맴은 아직 젊은 그대론데, 몸이 말을 안 듣는기라 우리 자석들은 조석으로 꼭 문안인사 잘한다, 군사가 몇인데 낼로 가만 두겠나 다아 잘 챙기지, 아무 걱정 말거라, 닌도 단디 살고, 흥청망청 남 퍼다 주지 말고, 예쁜 옷만 입고, 아프지 말고, 넌둥 절대 늙지 마래이, 함부로 늙지 마래이, 그래, 그래, 오이야, 코로나 종식되면 한번 찾아오거래이, 오이야

나사리

photo by 이유현

해설 |

예술, 욕망, 사랑의 조화로 빚은 삶의 행복

권온(문학평론가)

예술, 욕망, 사랑의 조화로 빚은 삶의 행복

시집 『잘 자라는 쓸쓸한 한마디』에는 2012년부터 2022년에 이르는 10여 년의 시간이 축적되어 있다. 신윤서의 이 책은 시인으로서, 인간으로서 또 여성으로서 그녀의 거의 모든 것을 담은 빛나는 보석이다. 이 글은 첫 시집에서 12편의 시를 엄선하여 독자들과 함께 시인의 시세계를 파악하려는 시도이다. 신윤서의 시는 솔직하다. 그녀는 꾸미거나 가장하지 않는다. '나'가 '당신'이나 '너'와 같은 대상과 함께 펼치는 변주곡은 매력적이다. 시인은 자유시와 산문시를 자유자재로 구사하면서 현대시의 영토를 극적으로 확장하였다. 신윤서는 또한 '말'이나 '글' 또는 '책' 등을 포괄한 '언어'를 향한 지속적인 탐색을 보여 주었다. 특히 현대사회의 '욕망'을 포함한 '사랑'을 위한 강렬한 탐구는 주목받아 마땅하다.

선풍기의 날개 사이로 부는 바람은, 내 이름이다. 모기장을 둘러친 침대에 기대어 『워터 멜론 슈가에서』를 읽는다.

약속한 날들이 지나가 버리고, 나는 결코 책 제목처럼 달콤하지 않다는 것을 알게 되었다.
그러므로 나는 몹시 쓸쓸했다. 당신은 이 이야기의 주인공이 되어 들판에 망연히 앉아
망초꽃이 흔들리는 것을 보고 있다.

(……)

경부선 첫 기차가 출발할 때까지 끝내 돌아서질 못하는, 여행가방처럼 나는 무겁다.
긴 치맛자락처럼 책의 내용에 굵게 밑줄을 그으며, 서성이고 망설이다 끝내 나는
당신의 기억 속에서 현실로 다시 되돌아오지 않을 것이다.
그것은, 내 이름이 떠나 버린 것이다.

그리고 나는 당신이, 선풍기 바람이 불어오는 모기장이 쳐진 침대 위에 누운 나의 반쯤
드러난 가슴을 열고 들어와 나를 달콤하게 읽어 주기를 바란다.

당신이 나의 주인공이 되어 들판에 망연히 앉아 망초꽃이 흔들
리는 것을
읽어 줬으면 좋겠다.

―「브라우티건풍으로」 부분

“워터 멜론”이나 “슈가”는 달콤한 속성을 지닌 대상이지만 시적 화자 ‘나’는 오히려 ‘쓸쓸함’을 호소한다. ‘당신’은 “들판에 망연히 앉아/ 망초꽃이 흔들리는 것을 보고 있다.” 흥미로운 점은 ‘나’가 펼치는 ‘당신’을 향한 소망이다. 이 시에서 ‘나’는 수동적이거나 피동적인 대상으로서 등장하는 반면 ‘당신’은 능동적이거나 주체적인 대상으로서 제시된다. 시적 화자 ‘나’는 “당신”에 집중한다. ‘나’는 ‘당신’이 “이 이야기의 주인공”이자 “나의 주인공”이 되기를 바란다. ‘나’는 ‘당신’이 “나를 달콤하게 읽어 주기를 바”라는 것이다. 이 작품에서 “나는/ 당신의 기억 속에서 현실로 다시 되돌아오지 않을 것이다.”라는 진술은 긴요한 역할을 담당한다. ‘당신’과 ‘나’ 사이에는 거리감이 내재한다. ‘당신’은 ‘기억’ 속에 위치하고 ‘나’는 ‘현실’에 위치한다. ‘나’가 원하는 ‘당신’은 ‘상상’이나 ‘꿈’의 영역에 존재하는 대상일 수 있다. 신윤서가 조성하는 ‘당신’은 연인이자 독자로서 기능하면서 2중의 확장성을 연출한다. 또한 시인은 이 시를 통해서 ‘시’와 ‘산문’의 경계를 넘어서는 새로운 시학을 꿈꾼다.

오랫동안 깊이 잠들지 못했다. 저녁이 문을 밀치고 들어서면 예감처럼 어둠은 또 밀려와 창문을 에워쌌다. 당신이 불빛 아래서 그 환한 얼굴을 드는 순간, 나의 한 생이 온전히 기억되었다. 꿈속에서도 눈물이 흘렀다. 찬 기운에 잠이 깨면 새벽 네 시, 혹은 다섯 시. 그때 당신은 잠시, 내 눈빛을 들여다보다가 분노한 헤라클레스의 가슴을 발견했거나 시바 여왕의 야성적 눈썹을 끌어와 덮어 주고는 잘 자라는 쓸쓸한 말 한마디 흘려 놓았다.

(……)

늘 깊은 잠이 그리웠다. 자고 나면 몇 겹의 허물이 벗겨지곤 했다.

정오의 햇살을 따돌리고 아주 은밀한 곳에 주차된 주인 모를 당신과 내가 하나의 방으로 스며들었을 때, 나의 전 생애가 당신의 유전자 속에 낱낱이 기록되었다.

—「베르나르 브네의 기억」 부분

이 시의 분위기를 형성하는 데 기여하는 주요 어휘로는 "어둠", "눈물", "허물" 등이 있다. 시적 화자 '나'가 "오랫동안 깊이 잠들지 못했"던 이유도 이와 무관하지 않을 테다. '나'의 상황을 좌우하는 주요 대상은 "당신"이다. '당신'을 향한 '나'의 감정은 양가적인 입장에 위치한다. '당신'은 "환한 얼굴"로서 다가와서 “나의 한 생이 온전히 기억되”도록 돕는 동시에 “분노한 헤라클레스”로 변신하여 “잘 자라는 쓸쓸한 말 한마디 흘려 놓”는 존재이기 때문이다. ‘나’에게 ‘생’이나 ‘생애’는 ‘기억’이나 ‘잠’의 형식으로 다가온다. ‘나’는 “깊은 잠”으로서의 ‘삶’을 “당신의 유전자 속에 낱낱이 기록되”기를 희망한다. 이제 온전한 합일이자 조화로운 충만의 상태가 떠오르기 시작한다.

이 아침은 패잔병 같구나
썩어 밑뿌리에 스며들 거짓말들 이토록 무성했으니
세 치 혓바닥들, 방부제 뿌린 거룩한 말들,
문드러지지도 않고 저리 바람에 나뒹구네
미쳐 날뛰네 썩지도 않아 저 비린 것들은
소용돌이치는 태풍의 눈이 오후를 지나 삽시간에 저녁의 뼈를
으스러뜨리는 속도를 좀 봐
유효기간도 없이 유통되는
허리춤 아래 불온한 발설과 외설과 배설을 봐
후드득 떨어져 쌓이는 환멸들을 봐
폐비닐처럼 나부끼는 혼을 짓밟고 지나가는
부패한 수작들을 쓰레기통에 쑤셔박아 넣고
그래도 살아 보겠다고 가을 지나 모진 겨울 난 후 다시 움트기
시작하는

열망들, 배신의 땅을 딛고 뾰족한 뿔을 디미는

푸른 목숨들 숨 가빠 오는데

바닥에 흥건히 고인 새빨간 거짓말들

—「아침의 태풍」 부분

신윤서는 '언어'에 집중한다. 그녀는 이 시에서 "거짓말들", "혓바닥들", "말들", "발설" 등을 거론함으로써 이를 입증한다. 시인의 상황을 조성하는 어휘로는 "속도", "외설", "배설", "환멸들", "수작들", "목숨들" 등이 있다. 여기에는 현대인이 탐닉하는 다양한 요소들의 빛과 그림자가 제시된다. 현대사회를 살아가는 많은 이들이 추구하는 스피드와 섹스, 그것의 이면에 숨은 짙은 어둠이 강렬하다. 신윤서는 또한 '발설'과 '외설'과 '배설'을 연결함으로써 언어유희를 실천한다. 곧 공통점으로서의 '설'을 도출하여 '놀이'로서의 시학을 완성한다.

서랍을 열었다 닫는 사이 어머니의 자색 스웨터가

사라졌다 서랍을 열고 닫는 동안 우리들의 혈육은 뿔뿔이 흩어지고

여자 하나, 여자 둘이 남았다

립스틱을 붉게 바르고 축제엘 다녀온 날은 마치 내가 창녀가 된 듯

기분이 나빠, 억지웃음 빨갛게 흘리는 여자의 브래지어 속으로

사내들은 킬킬, 지폐를 쑤셔 넣었다

어때, 좋아?
서랍 속으로 노을이 지네
차곡차곡 팬티들이 쌓인다

난 아직 그것에 대해 할 말이 많다
나는 너의 밑도 높은 문장을 사랑하고
나는 너의 꽉 끼는 페니스를 증오하고
그것은 차라리 한 권의 불타는 섹스에 가깝다
한 칸의 어둠과 비례한다

어머니의 자색 스웨터를 돌려줘
무덤을 갖지 못한 사람들의 흰 뼛가루가 빗물에
쓸려 개울가에 다다르면
그 쓸쓸한 서랍은 한 채의 봉분이 되어
전생의 기억들로 젖는다

—「스웨터」 부분

시인은 "여자"에 주목한다. 시적 화자 '나'도 여자이고 "어머니"도 여자이다. 신윤서가 수집한 여자의 속성은 "립스틱", "브래지어", "팬티들" 등의 항목으로 구체화한다. 여자의 대

극(對極)에는 "사내들"이 위치한다. 사내들을 대표하는 바는 "페니스", "지폐" 등의 항목이다. 여자와 사내들이 접속하는 원초적인 무대는 "섹스"이다. 여성과 남성은 몸을 매개로 대화하는 동시에 언어를 활용하여 소통하기도 한다. "말", "문장", "한 권" 등의 표현은 이를 입증한다. 우리는 이 시에서 "무덤", "봉분", "전생", "기억들" 등의 어휘를 접하면서 '과거'와 '죽음'의 세계를 돌올하게 세울 수 있다. 독자들은 이제 현재와 과거가 뒤섞이고, 죽음과 삶이 어우러지는 종합과 통합의 세계에 참여하게 된다.

딱딱한 당신은 단단한
문장. 탄탄한 자음과 모음의 행간을
넘나들다 엎질러진 물
깨진 유리 파편이 되어 펑펑
울고 있을 때,
암막 커튼 치고 문 걸어 잠그고 햇볕은 그저
꽝꽝 언 얼음 위나 내달렸습니다.
입술에 잔뜩 묻은 거품을 핥는
혓바닥. 혀와 혀는 서로 엉킨 실타래 같다.
스르르 풀리는 스카프 같다.
단추를 끄르다 말고 묻는다.
프렌치 키스를 좋아하나요.

당신이 하모니카 깊은 목젖까지 휘저으며
재즈를 연주할 때, 우리의 우주는,
우리의 어깨는, 우리의 입술은
뭉개지고 비틀리고 늘여졌다 다시 찢기고
뜯기고 어디로든 날아갈 수 있게 팽팽해집니다.
딸기요플레처럼 나는 축축해요.
새콤하고 달콤해요. 단단하고
탄탄하고 딱딱한 당신.
날카로운 활자들을 귓속에 쏟아부으면 나는
아득히 멀어집니다.
까마득히 사라지거나 잊힙니다.
실체를 알 수 없는 이것을
우리는 정체불명의 결핍이라 부릅시다.
행간과 행간을 건너다니는 애증. 혹은
증오라 부릅시다. 그것도
틀렸다면 시공 밖으로 날아간 돌멩이. 내
이마를 깨트리고 달아나는 무서운 침묵.
수신 거부. 영구 삭제. 차단 해제가 불가한
휘핑크림 바게트 딸기요플레라
정의합시다.

— 「휘핑크림 바게트 딸기요플레」 전문

시적 화자 '나'와 "당신"은 서로 교류하거나 소통하면서 "우리"를 형성한다. '당신'을 수식하는 표현으로는 "딱딱한"이나 "단단한"이 등장한다. 아마도 '당신'은 "바게트"에 해당할 것이다. '나'는 스스로를 "딸기요플레"에 비유하면서 자신의 속성을 "축축해요./ 새콤하고 달콤해요."라고 진술한다. '당신'과 '나'의 연결은 "휘핑크림" 또는 "입술에 잔뜩 묻은 거품을 핥는/ 혓바닥"에 의해 심화한다. "서로 엉킨 실타래 같"은 "혀와 혀"는, "스르르 풀리는 스카프"는, 또 "단추"는 결정적으로 "프렌치 키스"는 남성과 여성의 접속을 의미한다. 이제 "우리의 입술"은 포개지고, "우리의 어깨는" 겹치며, "우리의 우주는" 하나가 된다. 신윤서는 "문장", "자음", "모음", "활자들" 등 '언어' 관련 표현을 도입함으로써 "결핍"이나 "증오" 또는 "애증"을 조절한다. 이제부터 바게트 위에 휘핑크림을 얹어서 딸기요플레와 함께 먹어 보자. '충만'과 '사랑'이 그로부터 시작할 것을 믿는다면.

베일을 휘감은 욕망. 한 입의 허기를 일용하기 위해 힘겹게 따라 걷는다. 너는 어리석은 당나귀. 휘몰아치는 열정은 단칼에 상처를 베어 낸다. 그러나 그물을 빠져나오지 못하는 사나운 파도. 길들여지지 않은 태풍의 후예. 웃는 법을 아직 배우지 못한 슬픈 영혼이다.

심장을 찌르고 사라지는 치명적인 유혹. 내 혼 속에 침투한 잔혹한 적군이다. 달이 차오르는 밤 너는 단검이 내리꽂히는 목숨 건 사랑을 한다. 한지에 번지는 수묵. 잉크빛 수국. 온통 뿌옇게 시야를 가리며 뼛속까지 파고드는 증오이다. 새빨간 거짓말. 너는 참을 수 없는 속울음이다.

—「안개주의보 1」 부분

"안개" 또는 "베일"은 무언가를 가릴 수 있다는 '비밀'의 속성을 지닌 대상이다. 시인이 이 시에서 발령하는 "안개주의보"는 "욕망", "허기", "열정", "상처", "유혹", "사랑", "증오", "거짓말", "속울음" 등의 어휘와 연결된다. 이와 같은 어휘는 시적 화자 '나'가 주목하는 대상으로서의 "너"를 설명하는 표현이기도 하다. 신윤서의 음색에는 파토스가 강하게 스며들어 있다. 그녀가 독자들에게 소개하는 비밀의 인물로서의 '너'는 '나'와 연결되고 결론적으로 우리 모두와 통합된다.

그 어떤 독법으로도 읽히지 않는 시집 속의 난해한 문장, 밑줄 친 난폭한 욕설, 그렇다면 당신은 오독, 처음부터 입을 가지고 태어나지 않은 침묵, 갈피를 넘길 수 없는 오래되어 낡고 먼지가 되어버린 아주 두꺼운 밀서.

처음부터 있지 않았던 창문. 그렇지. 당신은 박쥐. 내 목덜미에 깊이 이빨을 박아 넣는 흡혈 짐승. 가랑이 깊은 곳에 은신처를 마련한 외로운 은둔자. 그렇다면 이 어둠의 정체는 허구인가. 내가 가둔 나의 어둠. 창문이 지워진 방에 은밀히 숨어든 불온한 손님. 이 골목의 퇴폐적인 눈빛. 독뱀처럼 기어들어 고개를 처박는 절망. 갈대밭을 흔들어 놓는 악당. 햇살 속에서 부서져 가는 허망이지.

— 「안개주의보 2」 부분

시인이 시적 화자 '나'와 주요 인물로서의 "당신"을 활용하여 전개하는 이 시는 다소 난해한 성격을 보여 준다. 관념적이거나 추상적인 경향이 강해서 작품을 이해하기 쉽지 않기 때문이다. 다만 우리는 "어둠", "허구", "절망", "악당", "허망" 등의 어휘를 읽으며 부정성의 극단을 짐작할 뿐이다. 다행스러운 것은 작품의 핵심에 도달할 수 있는 일련의 '언어' 관련 표현이 존재한다는 사실이다. 곧 "독법", "시집", "문장", "밑줄", "욕설", "오독", "침묵", "갈피", "밀서" 등에 주목할 일이다. 요약하자면 신윤서는 '말'이나 '글' 또는 '책'과 연결된 광범위한 어휘를 제공함으로써 "이 골목의 퇴폐적인 눈빛" 또는 '한국사회의 퇴폐미'를 형상화한다.

인자 이 동네 할매 할배들은 몇 안 남았데이 엊그제는 아는 동상이 안 보여 푸성귀 한 움큼 뜯어 가 봤더이 시상에 며칠 전에 죽

었뿟다 안카나 시방 코로나 땜에 죽은 기라 밤새 마음이 얼매나
안 좋던지 낸도 인자 팔십다섯 아이가 이마이 살았으면 누구 등
골 빨라고 자석들 편하게 고마 가야지 내사마 마당에 묶인 개 한
번 쳐다보고 이야기 좀 나누다 들에 안 섰나 코로나에 사람들 안
볼라고 논두렁 질러 며칠 지팡이 짚고 걸어 댕깄더이 만신이 아
프네 침 튀면 옮는다고 경로당도 문 닫고, 심심어도 동네 고양이
나 붙들고 몇 마디 할까 당췌 말할 사람이 없네 코로나에 닌도 속
이 쑥쑥어서 전활 했제? 나이 퍼뜩 간데이 내 맴은 아직 젊은 그
대론데, 몸이 말을 안 듣는기라 우리 자석들은 조석으로 꼭 문안
인사 잘한다, 군사가 몇인데 낼로 가만 두겠나 다아 잘 챙기지, 아
무 걱정 말거라, 닌도 단디 살고, 흥청망청 남 퍼다 주지 말고, 예
쁜 옷만 입고, 아프지 말고, 넌둥 절대 늙지 마래이, 함부로 늙지
마래이, 그래, 그래, 오이야, 코로나 종식되면 한번 찾아오거래이,
오이야

— 「소선 이모」 전문

이번 시집에서 독특한 위상을 차지하는 시이다. 시인이 '사투리' 또는 '지역 방언'을 활용하여 지향하는 바는 삶의 본질적인 국면과 무관하지 않다. "소선 이모"의 나이는 "팔십다섯"이다. 그녀는 "아는 동생"이 "코로나 땜에 죽은" 것을 덤덤히 받아들일 수 있을 만큼 '죽음'에 익숙하다. "인자 이 동네 할매 할배들은 몇 안 남"게 되었다. 소선 이모가 전달하려

는 핵심 메시지는 "나이 퍼뜩 간데이 내 맴은 아직 젊은 그대론데, 몸이 말을 안 듣는기라"와 "아프지 말고, 넌둥 절대 늙지 마래이, 함부로 늙지 마래이"에 충만하다. '마음'은 여전히 '젊음'에 머물러 있으나 '몸'은 '늙음'의 진행에 따라서 조금씩 고장나기 시작한다. 그녀는 '아픔'을 심화하는 계기로서의 '늙음'을 경계할 것을 주문한다. 아무쪼록 우리 사회의 수많은 소선 이모들이여, '코로나'를 포함한 다양한 '아픔'을 극복하고, '늙음'의 속도를 줄이며, '죽음'을 의연히 맞이할 수 있기를!

상처는 모딜리아니의 눈빛 속에 있거나 달리의 서랍 속에 있다
라파엘로의 성화 속에, 에곤 실레의 자화상 속에 있다 욕망의 헛
바닥이 할퀸 폐허의 도시 한복판에 상처가 있고 상처 속에 들어
앉아 깊은 상처가 되어 버린 익숙한 상처와 익숙하지 않은 상처
가 있고 상처가 되다 만 자그맣고 보드라운 상처가 있다 동굴처
럼 깊은 메아리가 울려 나오는 상처를 건드리면 캬옹 소스라치는
이 영악한 통증 한 마리, 두어 마리 나의 상처 속에 사는, 것들

— 「침대 위의 고양이」 부분

"상처"가 주도하는 시가 여기에 있다. '상처'의, '상처'에 의한, '상처'를 위한 시. 신윤서는 다수의 시편에서 "도시"의 "욕망"을 제공한다. 그것은 적지 않은 현대인들이 공감할 수 있

는 주제이기도 하다. 인간의 욕망을 노래한다는 것은 상처를 응시하는 일과 다른 말이 아니다. 시인의 상처에 개성을 부여할 수 있는 이유는 그곳에 "모딜리아니"나 "라파엘로"의 회화, "에곤 실레"나 "고흐"의 미술이 연결되어 있기 때문이다. 요컨대 그녀는 욕망과 상처의 배후에 예술을 배치함으로써 "침대 위의 고양이"를 우리들 자신의 자화상으로 끌어올리는데 성공하였다.

떠돌던 바람이 늦은 저녁의 눈을 읽을 때면
수련 잎마다 그렁그렁 눈물이 맺히고, 내 안의 가장 깊은 곳을
들여다보며, 저녁은 소리 내어 일러 주었다

다시 책을 읽는다
아득한 독서의 속도에 부딪혀 나는 까마득히 정신을 잃는다
어둠의 심장을 깊숙이 베어 물며 입술을 닦는 그대
나는 무수히 죽거나 살아난다
숲속에는 피 냄새가 진동해. 나뭇잎들이 수군거리며
숲의 낌새를 읽었다

읽다 빠져나온 책 속이 캄캄하다

—「저녁의 독서」 부분

신윤서는 시인이다. 시를 쓰는 자는 운명적으로 "독서"와 긴밀하게 결속되기 마련이다. 이 시에서 주도적으로 등장하는 단어는 '독서' 또는 "읽다"와 관련된 경우가 많다. "책", "읽기", "페이지", "쪽", "줄", "활자들", "읽히는", "읽고", "읽히기", "읽었다", "읽는", "읽을", "읽는다" 등 다수의 어휘가 여기에 속한다. 그녀의 독서 또는 읽기에서 인상적인 대목은 일련의 표현들이 "눈물"이나 "어둠" 또는 "피" 등과 강하게 연결된다는 사실과 무관하지 않다. 시인은 상처나 슬픔, 고독이나 고통 같은 생의 부정적인 측면을 책을 읽고, 시를 쓰는 행위를 통해서 극복하고 있다. 이는 코로나 이후 힘겨운 시간을 보내고 있는 독자들에게도 커다란 위안의 울림으로서 다가온다.

사랑은, 상상 속에서 완성된다.

손끝 하나 닿지 않은 오르가슴. 봄날 사태져 오는 꽃들. 뜨거운 샐비어. 새벽 세 시 야옹야옹 애타는 수컷들, 베란다 창을 넘는 울음은 항상 날카로운 발톱을 가졌다. 더 늦기 전에 여행을 가야 한다.

그 눈빛 속으로 뛰어들어야 한다. 우주의 어깨를 꼬옥 끌어안아야 한다. 무엇보다도 손을 잡아야 한다. 손을 잡고 걸어야 한다.

무수한 별들이 흩뿌려진 하늘. 라일락 향기 감도는 그의 목덜미
에서 쇄골로 이어지는 달콤한 산책로. 입술을 열고 나온 내 혀는
자유로우리라.

— 「늙은 신(神)의 저녁」 부분

시적 화자 '나'가 추구하는 길의 끝에는 "사랑"이 위치한다. 신윤서는 '사랑'을 위해서라면 "더 늦기 전에 여행을 가야 한다."라고 제안한다. 그녀가 제안하는 '여행'은 인간의 '몸'과 연결된다. 구체적으로 그것은 "눈빛", "어깨", "손", "목덜미", "쇄골", "입술", "혀" 등으로 구성된다. 독특한 점은 '고양이'의 도입으로 '여행'이 특화된다는 사실이다. "애타는 수컷들"의 "울음"과 "발톱"이 "오르가슴"으로 상승한다는 진술은 '사랑'의 극한을 의미한다. 시인에 의하면 진정한 사랑은 "상상 속에서 완성된다." 곧 "늙은 신"이 날개를 펼치는 "저녁", 사랑은 시작된다.

내 마음의 시스템은 늘 불안정하다.
당신 앞에서 나는 자주 캄캄하다. 일분일초가 허공이다. 저 허
공을 자판처럼 두드리는 것은 하늘을 모니터로 가진 오래된 관습
때문.

창밖을 보다가 나는 가끔 한숨을 쉰다. 이제 한숨은 폭탄, 후폭

풍에 밀려 내가 목구멍처럼 까마득하다. 모니터를 켜 놓고 창밖을 내려다보면 자동차들이 마우스가 된다. 도로 위의 저 마우스들은 이리저리 움직이거나 가야 할 방향으로 클릭된다. 도로 위에 펼쳐진 페이지를 나는 재빠르게 열람한다.

—「리셋증후군」 부분

시에 있어서 비유는 대단히 긴요한 기법일 수 있다. 시적 화자 '나'의 "마음"은 지금 "불안정하다." 신윤서는 내면의 불안정을 외부의 표현들에 비유하면서 이해할 것을 제안한다. 시인이 선택한 외부 표현들은 주로 '컴퓨터'와 연결된다. 그녀는 "시스템", "자판", "모니터", "마우스", "페이지" 등을 활용하여 '근심'이나 '설움'의 결과로서의 "한숨"을 표출한다. 우리는 특히 작품의 제목인 "리셋증후군"에 주목해야 할지도 모른다. 이는 컴퓨터 작동이 원활하지 않을 때 리셋을 누르면 처음부터 다시 시작할 수 있는 것처럼 현실에서도 리셋이 가능할 것으로 착각하는 현상을 가리킨다. 이 시에 등장하는 '나'를 포함한 다수의 현대인들은 타인을 배려하지 않고 대인 관계에서 참을성 없이 행동하는 경우가 많다. 즉흥적이거나 충동적으로 행동하며 불안정한 마음을 노출하는 이들은 신윤서의 간절한 고백을 들으며 진정한 위로를 얻기를 바란다.

신윤서의 첫 시집 『잘 자라는 쓸쓸한 한마디』를 검토하였다. 12편의 시를 중심으로 점검한 그녀의 시세계는 다양한 영역에서 넓고 깊은 울림을 전달하고 있다. 무엇보다도 '예술'과 '문화' 전반을 아우르는 시인의 폭넓은 교양이 인상적이다. "브라우티건", "베르나르 브네", "헤라클레스", "시바 여왕", "포스트모더니즘", "지킬", "하이드", "모딜리아니", "라파엘로", "에곤 실레", "고흐" 등의 어휘는 이를 입증하는 예이다.

아리스토텔레스는 "예술의 목적은 사물의 외관이 아닌 내적인 의미를 보여 주는 것이다(The aim of art is to represent not the outward appearance of things, but their inward significance.)."라고 이야기하였다. 미국의 작가 메리 로치(Mary Roach)에 의하면 "성욕은 배고픔과 다를 바 없는 상태이다(Sexual desire is a state not unlike hunger.)." 또한 조르주 상드(George Sand)에 따르면 "이 삶에는 사랑하고 사랑받는 것이라는 단 하나의 행복이 있다(There is only one happiness in this life, to love and be loved.)."

신윤서 시편에 깃든 다양한 예술의 영향은 시적 대상이나 사물의 내적인 의미를 성공적으로 비춘다는 점에서 매력적이다. 그녀의 시는 성적 욕망을 솔직하고 꾸밈없이 표현한다는 점에서 인상적이다. 그리고 시인은 사랑을 주고 사랑을 받을 줄 아는, 곧 삶을 즐길 줄 아는 사람이다. 자신의 시를 통해서 예술과 욕망과 사랑이 충실한 세계를 형상화한 신윤서는 우리에게 지금, 여기에서 삶의 행복을 온전히 누릴 것을 제안한다. 그녀의 시세계가 확장되고 깊어져서 다가올 미래에는 한국시의 지형을 더욱 크게 바꿀 수 있기를 기대한다.